# 무진기행

아시아에서는 《바이링궐 에디션 한국 대표 소설》을 기획하여 한국의 우수한 문학을 주제별로 엄선해 국내외 독자들에게 소개합니다. 이 기획은 국내외 우수한 번역가들이 참여하여 원작의 품격을 최대한 살렸습니다. 문학을 통해 아시아의 정체성과 가치를 살피는 데 주력해 온 아시아는 한국인의 삶을 넓고 깊게 이해하는 데 이 기획이 기여하기를 기대합니다.

Asia Publishers presents some of the very best modern Korean literature to readers worldwide through its new Korean literature series 〈Bi-lingual Edition Modern Korean Literature〉. We are proud and happy to offer it in the most authoritative translation by renowned translators of Korean literature. We hope that this series helps to build solid bridges between citizens of the world and Koreans through a rich in-depth understanding of Korea.

바이링궐 에디션 한국 대표 소설 006
Bi-lingual Edition Modern Korean Literature 006

# Record of a Journey to Mujin

김승옥
# 무진기행

Kim Seung-ok

ASIA
PUBLISHERS

Contents

# 무진기행

## Record of a Journey to Mujin

## 무진으로 가는 버스

버스가 산모퉁이를 돌아갈 때 나는 '무진 Mujin 10km'라는 이정비를 보았다. 그것은 옛날과 똑같은 모습으로 길가의 잡초 속에서 튀어나와 있었다. 내 뒷좌석에 앉아 있는 사람들 사이에서 다시 시작된 대화를 나는 들었다. "앞으로 십 킬로 남았군요." "예, 한 삼십 분 후에 도착할 겁니다." 그들은 농사 관계의 시찰원들인 듯했다. 아니 그렇지 않은지도 모른다. 그러나 하여튼 그들은 색 무늬 있는 반소매 셔츠를 입고 있었고 데드롱 직의 바지를 입었고 지나쳐 오는 마을과 들과 산에서 아마 농사 관계의

## The Bus to Mujin

As the bus rounded the heel of the mountain, I saw a signpost, "Mujin 10km." It was sticking out from the wild grass at the side of the road, looking exactly as it had looked in the old days. I listened to the conversation which had started up again among the people sitting in the seat behind me.

"Only ten kilometers more to go."

"Yes. We'll be arriving in about thirty minutes' time."

They seemed to be some sort of agricultural inspectors. Well, maybe they weren't. But anyway,

전문가들이 아니면 할 수 없는 관찰을 했고 그것을 전문적인 용어로 얘기하고 있었다. 광주에서 기차를 내려서 버스로 갈아탄 이래, 나는 그들이 시골 사람들답지 않게 낮은 목소리로 점잔을 빼면서 얘기하는 것을 반 수면 상태 속에서 듣고 있었다. 버스 안의 좌석들은 많이 비어 있었다. 그 시찰원들의 대화에 의하면 농번기이기 때문에 사람들이 여행할 틈이 없어서라는 것이었다. "무진에는 명산물이…… 뭐 별로 없지요?" 그들은 대화를 계속하고 있었다. "별 게 없지요. 그러면서도 그렇게 많은 사람들이 살고 있다는 건 좀 이상스럽거든요." "바다가 가까이 있으니 항구로 발전할 수도 있었을 텐데요?" "가 보시면 아시겠지만 그럴 조건이 되어 있는 것도 아닙니다. 수심이 얕은 데다가 그런 얕은 바다를 몇 백 리나 밖으로 나가야만 비로소 수평선이 보이는 진짜 바다다운 바다가 나오는 곳이니까요." "그럼 역시 농촌이군요." "그렇지만 이렇다 할 평야가 있는 것도 아닙니다." "그럼 그 오륙 만이 되는 인구가 어떻게들 살아가나요?" "그러니까 그럭저럭이란 말이 있는 게 아닙니까?" 그들은 점잖게 소리 내어 웃었다. "원, 아무리 그렇지만 한 고장에 명산물 하나쯤은 있어야지." 웃음 끝에 한 사람이 말하고 있었다.

they were wearing striped, short-sleeve shirts and tetron pants, and either they were farming specialists, or they were just talking in technical terms only used by specialists about what they observed in the villages, fields and mountains that swept past. After we got off the train in Kwangju and changed to a bus, I continued, half asleep, to listen to what they were saying. They were speaking in low voices, pretending to a refinement that was not at all natural to countrymen. Many of the seats in the bus were empty. According to the inspectors, this was because it was busy season for farmers, and people didn't have the time to go on a trip.

"Specialty products of Mujin... there isn't anything very much, is there?"

They were continuing their conversation.

"No, nothing really. And yet, rather strangely, so many people are living there, you know."

"You would imagine, with the sea so near, it would have been possible to develop the town as a port, wouldn't you?"

"It's not as simple as that, as you'll realize when you see for yourself. The water is shallow, and in addition to this, one must go out several hundred *li* into this kind of shallow sea before the real sea, the

무진에 명산물이 없는 게 아니다. 나는 그것이 무엇인지 알고 있다. 그것은 안개다. 아침에 잠자리에서 일어나서 밖으로 나오면, 밤사이에 진주해 온 적군들처럼 안개가 무진을 빙 둘러싸고 있는 것이었다. 무진을 둘러싸고 있던 산들도 안개의 의하여 보이지 않는 먼 곳으로 유배당해 버리고 없었다. 안개는 마치 이승에 한이 있어서 매일 밤 찾아오는 여귀가 뿜어내 놓은 입김과 같았다. 해가 떠오르고, 바람이 바다 쪽에서 방향을 바꾸어 불어오기 전에는 사람들의 힘으로써는 그것을 헤쳐 버릴 수가 없었다. 손으로 잡을 수 없으면서도 그것은 뚜렷이 존재했고 사람들을 둘러쌌고 먼 곳에 있는 것으로부터 사람들을 떼어 놓았다. 안개, 무진의 안개, 무진의 아침에 사람들이 만나는 안개, 사람들로 하여금 해를, 바람을 간절히 부르게 하는 무진의 안개, 그것이 무진의 명산물이 아닐 수 있을까!

버스의 덜커덩거림이 좀 덜해졌다. 버스의 덜커덩거림이 더하고 덜하는 것을 나는 턱으로 느끼고 있었다. 나는 몸에서 힘을 빼고 있었으므로 버스가 자갈이 깔린 시골길을 달려오고 있는 동안 내 턱은 버스가 껑충거리는 데 따라서 함께 덜그럭거리고 있었다. 턱이 덜그럭거릴 정도로

point where one can see the horizon, appears."

"Well then, it's just farming country after all."

"Yes, but there isn't anything that you might call a plain."

"That being so, what sort of a living have those fifty or sixty thousand?"

"Well, don't we have the saying neither good nor bad?"

They laughed, as loudly as is becoming for gentlefolk.

"However that may be, there should be a product of some note."

One man tagged this to his laughter.

It's not true to say that Mujin has no noted product. I know what it is. It is the fog. When you went outside in the morning after getting out of bed, the fog would have surrounded Mujin, like enemy soldiers who had advanced in the night; and the mountains which normally surrounded the town would be gone, banished by the fog to some faraway, invisible place. It was like the exhaled breath of some nightly-visiting female spirit, who had a grudge against this world. Before the sun came up and the wind, changing direction, began to blow out to sea, man was helpless to disperse it. It

몸에서 힘을 빼고 버스를 타고 있으면, 긴장해서 버스를 타고 있을 때보다 피로가 더욱 심해진다는 것을 알고 있었지만 그러나 열려진 차창으로 들어와서 나의 밖으로 드러난 살갗을 사정없이 간지럽히고 불어 가는 유월의 바람이 나를 반 수면 상태로 끌어넣었기 때문에 나는 힘을 주고 있을 수가 없었다. 바람은 무수히 작은 입자로 되어 있고 그 입자들은 할 수 있는 한, 욕심껏 수면제를 품고 있는 것처럼 내게는 생각되었다. 그 바람 속에는 신선한 햇빛과 아직 사람들의 땀에 밴 살갗을 스쳐 보지 않았다는 천진스러운 저온, 그리고 지금 버스가 달리고 있는 길을 에워싸며 버스를 향하여 달려오고 있는 산줄기의 저편에 바다가 있다는 것을 알리는 소금기, 그런 것들이 이상스레 한데 어울리면서 녹아 있었다. 햇빛의 신선한 밝음과 살갗에 탄력을 주는 정도의 공기의 저온, 그리고 해풍에 섞여 있는 정도의 소금기, 이 세 가지만 합성해서 수면제를 만들어 낼 수 있다면 그것은 이 지상에 있는 모든 약방의 진열장 안에 있는 어떠한 약보다도 가장 상쾌한 약이 될 것이고 그리고 나는 이 세계에서 가장 돈 잘 버는 제약회사의 전무님이 될 것이다. 왜냐하면 사람들은 누구나 조용히 잠들고 싶어 하고 조용히 잠든다는 것은 상쾌한

couldn't be grasped in the hand, and yet it was clearly there, surrounding men, cutting them off from things at a distance. Fog, Mujin fog, the fog that people met in the Mujin morning; the fog of Mujin which made people pray earnestly for sun and wind, surely this was Mujin's noted product.

The rattling of the bus lessened a little. I could feel every increase and decrease in the rattling of the bus in my chin. I was sitting back limply in my seat, my chin bouncing with every wild pitch of the bus as it sped along the stone covered country road. I was aware that if you ride a bus and sit back so limply in your seat that your chin bobs freely, the fatigue is more severe than if you sit stiffly erect, but the June wind, blowing through the open window, tickled my exposed skin relentlessly, so that it had me half asleep, and I was not able to summon the strength necessary to sit erect. The wind was made up of countless tiny particles, and it seemed to me as if these particles were completely saturated with some sleeping-draught. There was fresh sunshine in the wind and an untouched coolness where it had not brushed the sweat drenched skin of men. There was also the smell and feel of salt, telling that the sea was on the far side of this range of mountains

일이기 때문이다.

그런 생각을 하자 나는 쓴웃음이 나왔다. 동시에 무진이 가까웠다는 것이 더욱 실감되었다. 무진에 오기만 하면 내가 하는 생각이란 항상 그렇게 엉뚱한 공상들이었고 뒤죽박죽이었던 것이다. 다른 어느 곳에서도 하지 않았던 엉뚱한 생각을, 나는 무진에서는 아무런 부끄럼 없이, 거침없이 해내곤 했었던 것이다. 아니 무진에서는 내가 무엇을 생각하고 어쩌고 하는 게 아니라 어떤 생각들이 나의 밖에서 제멋대로 이루어진 뒤 나의 머릿속으로 밀고 들어오는 듯했었다.

"당신 안색이 아주 나빠져서 큰일 났어요. 어머님의 산소에 다녀온다는 핑계를 대고 무진에 며칠 동안 계시다가 오세요. 주주총회에서의 일은 아버지하고 저하고 다 꾸며 놓을게요. 당신은 오랜만에 신선한 공기를 쐬고 그리고 돌아와 보면 대회생제약 회사의 전무님이 되어 있을 게 아니에요?"라고, 며칠 전날 밤, 아내가 나의 파자마 깃을 손가락으로 만지작거리며 나에게 진심에서 나온 권유를 했을 때 가기 싫은 심부름을 억지로 갈 때 아이들이 불평을 하듯이 내가 몇 마디 입안엣소리로 투덜댄 것도, 무진에서는 항상 자신을 상실하지 않을 수 없었던 과거의 경

which surrounded the bus and kept rushing at it as it sped along the road; all these things, strangely gathered together and melted into one. If it were possible to make a sleeping-draught from these three ingredients—the fresh brightness of sunshine, that amount of coolness in the air which gives elasticity to the skin, and that amount of the smell and feel of salt which is mixed in the sea breeze—, it would become the most invigorating of all the medicines in all the showcases of every chemist's shop in the world. I would, then, become the managing director of the most prosperous pharmaceutical manufacturing company in the world. And this is because everyone wants to sleep calmly; and a peaceful sleep is invigorating...

A bitter smile came to my lips at the thought. Simultaneously, I could actually feel the nearness of Mujin. It was always this way whenever I came to Mujin. Thoughts? My thoughts were always these kinds of wild, topsy-turvy fancies. In Mujin, without any embarrassment, without any hesitation, I used to come up with ideas which I never had anywhere else. It wasn't that I deliberately formed ideas about all sorts of things in Mujin; rather it was as if these ideas formed themselves at their pleasure outside of

험에 의한 조건반사였었다.

내가 좀 나이가 좀 든 뒤로 무진에 간 것은 몇 차례 되지 않았지만 그 몇 차례 되지 않은 무진행이 그러나 그때마다 내게는 서울에서의 실패로부터 도망해야 할 때거나 하여튼 무언가 새 출발이 필요할 때였었다. 새 출발이 필요할 때 무진으로 간다는 그것은 우연이 결코 아니었고 그렇다고 무진에 가면 내게 새로운 용기라든가 새로운 계획이 술술 나오기 때문도 아니었었다. 오히려 무진에서의 나는 항상 처박혀 있는 상태였었다. 더러운 옷차림과 누우런 얼굴로 나는 항상 골방 안에서 뒹굴었다. 내가 깨어 있을 때는 수없이 많은 시간의 대열이 멍하니 서 있는 나를 비웃으며 흘러가고 있었고, 내가 잠들어 있을 때는 긴긴 악몽들이 거꾸러져 있는 나에게 혹독한 채찍질을 하였었다.

나의 무진에 대한 연상의 대부분은 나를 돌봐 주고 있는 노인들에 대하여 신경질을 부리던 것과 골방 안에서의 공상과 불면을 쫓아 보려고 행하던 수음과 곧잘 편도선을 붓게 하던 독한 담배꽁초와 우편배달부를 기다리던 초조함 따위거나 그것들에 관련된 어떤 행위들이었었다. 물론 그것들만 연상되었던 것은 아니다. 서울의 어느 거리에서고 나의 청각이 문득 외부로 향하면 무자비하게 쏟아져 들어

me and then pushed their way into my head.

"I am very worried, because your color is really gone off. Why don't you make the excuse that you are going on a visit to your mother's grave and take a break for a few days in Mujin? Father and I will fix everything for you at the shareholders' meeting. You'll get some fresh air—you haven't had any for a long time—and when you get back you will be the managing director of the prestigious 'Reanimation Pharmaceutical Company,' won't you?" This was the sincere advice given by my wife a few nights ago, as she fondled the collar of my pajamas. But I muttered under my breath, like a grumbling child when he is forced to go on an errand he doesn't want to; a conditioned reflex based on past experience that invariably I couldn't avoid losing confidence in myself whenever I went to Mujin.

From the time I grew a little older, I had only been to Mujin a few times; I made these few trips to Mujin, only when I was escaping from some failure in Seoul, or at any rate when I needed to make a fresh start. The fact that I went to Mujin whenever I needed a fresh start was by no means accidental. Having said that, however, it wasn't because I got new courage or because some new plan unfolded

오는 소음에 비틀거릴 때거나, 밤늦게 신당동 집 앞의 포장된 골목을 자동차로 올라갈 때, 나는 물이 가득한 강물이 흐르고 잔디로 덮인 방죽이 시오리 밖의 바닷가까지 뻗어 나가 있고 작은 숲이 있고 다리가 많고 골목이 많고 흙담이 많고 높은 포플러가 에워싼 운동장을 가진 학교들이 있고 바닷가에서 주워 온 까만 자갈이 깔린 뜰을 가진 사무소들이 있고 대로 만든 와상이 밤거리에 나앉아 있는 시골을 생각했고, 그것은 무진이었다. 문득 한적이 그리울 때도 나는 무진을 생각했었다. 그러나 그럴 때의 무진은 내가 관념 속에서 그리고 있는 어느 아늑한 장소일 뿐이지 거기엔 사람들이 살고 있지 않았다. 무진이라고 하면 그것에의 연상은 아무래도 어둡던 나의 청년이었다.

그렇다고 무진에의 연상이 꼬리처럼 항상 나를 따라다녔다는 것은 아니다. 차라리, 나의 어둡던 세월이 일단 지나가 버린 지금은 나는 거의 항상 무진을 잊고 있었던 편이다. 어제 저녁 서울역에서 기차를 탈 때에도, 물론 전송 나온 아내와 회사 직원 몇 사람에게 일러둘 말이 너무 많아서 거기에 정신이 쏠려 있던 탓도 있었겠지만, 하여튼 나는 무진에 대한 그 어두운 기억들이 그다지 실감나게 되살아오지는 않았다. 그런데 오늘 이른 아침, 광주에서

itself easily whenever I went to Mujin that I went to Mujin. Actually, whenever I was in Mujin, I was always confined in one corner or another. With my dirty clothes, and yellow face, I spent all my time fidgeting in the lumber room. When I was awake, a chain of hours, too many to be counted, flowed past me, mocking me as I stood there vacantly; when I was asleep, long, long nightmares cruelly whipped my crouched-up body. The images I associated with Mujin were, for the most part, my snappiness toward the old people who were looking after me, when they got on my nerves; masturbating to drive away the fancies and sleeplessness of the lumber room; strong cigarette-butts which used to make my tonsils swell up; and fretful waiting for the postman—images like these, or actions which were in some way related to them. Of course, these were not the only images associated with Mujin. Standing on some Seoul street when hearing suddenly focused on outside objects and I was staggered by the merciless flood of noise, or in a car going up the asphalt lane outside the house in Sindang-dong, I thought of a full river flowing, a grass-covered causeway stretching 15 *li* into the sea; tiny woods, many

기차를 내려서 역 구내를 빠져나올 때 내가 본 한 미친 여자가 그 어두운 기억들을 확 잡아 끌어당겨서 내 앞에 던져 주었다. 그 미친 여자는 나일론의 치마저고리를 맵시 있게 입고 있었고 팔에는 시절에 맞추어 고른 듯한 핸드백도 걸치고 있었다. 얼굴도 예쁜 편이고 화장이 화려했다. 그 여자가 미친 사람이라는 것을 알 수 있는 것은 쉬임 없이 굴리고 있는 눈동자와 그 여자를 에워싸고 서서 선하품을 하며 그 여자를 놀려대고 있는 구두닦이 아이들 때문이었다. "공부를 많이 해서 돌아 버렸대." "아냐, 남자한테서 채여서야." "저 여자 미국 말도 참 잘한다. 물어 볼까?" 아이들은 그런 얘기를 높은 목소리로 하고 있었다. 좀 나이가 든 여드름쟁이 구두닦이 하나는 그 여자의 젖가슴을 손가락으로 집적거렸고 그럴 때마다 그 여자는 여전히 무표정한 얼굴로 비명만 지르고 있었다. 그 여자의 비명이 옛날 내가 무진의 골방 속에서 쓴 일기의 한 구절을 문득 생각나게 한 것이었다.

그때는 어머니가 살아 계실 때였다. 6·25사변으로 대학의 강의가 중단되었기 때문에 서울을 떠나는 마지막 기차를 놓친 나는 서울에서 무진까지의 천여 리 길을 발가락이 몇 번이고 불어 터지도록 걸어서 내려왔고 어머니에

bridges, many lanes, many mud walls; schools with play-grounds surrounded by tall poplars; offices, their yards covered with black stones gathered and brought from the seashore; and myself sitting on a bench made of bamboo, thinking of the country around me, which was Mujin. Whenever I suddenly longed for quiet and solitude, I also thought of Mujin. But the Mujin of such times was merely a cozy little place which I was painting in my mind's eye; there were no people living there. At any rate, what I associated with Mujin was a dark period of my youth.

Having said this, it does not mean that these memories of Mujin followed me around wherever I went, like a tail. On the contrary, the dark times in my life were now all in the past; for the most part I had forgotten Mujin. Yesterday evening, when I was getting on the train in Seoul, my dark memories of Mujin did not come back with any lifelike vividness, although, of course, this was partly because I was so intent on many things I had to say to my wife and to a few people from the company who had come out to see me off. But today, early in the morning, when I got off the train in Kwangju and was leaving the station yard, a crazy woman I saw

의해서 골방에 처박혀졌고 의용군의 징발도 그 후의 국군의 징병도 모두 기피해 버리고 있었었다. 내가 졸업한 무진중학교의 상급반 학생들이 무명지에 붕대를 감고 '이 몸이 죽어서 나라가 선다면……'을 부르며 읍 광장에 서 있는 트럭들로 행진해 가서 그 트럭들에 올라타고 일선으로 떠날 때도 나는 골방 속에 쭈그리고 앉아서 그들의 행진이 집 앞을 지나가는 소리를 듣고만 있었다. 전선이 북쪽으로 올라가고 대학이 강의를 시작했다는 소식이 들려왔을 때도 나는 무진의 골방 속에 숨어 있었다. 모두가 나의 홀어머님 때문이다. 모두가 전쟁터로 몰려갈 때 나는 내 어머니에게 몰려서 골방 속에 숨어서 수음을 하고 있었다. 이웃집 젊은이의 전사 통지가 오면 어머니는 내가 무사한 것을 기뻐했고, 이따금 일선의 친구에게서 군사우편이 오기라도 하면 나 몰래 그것을 찢어 버리곤 하였었다. 내가 골방보다는 전선을 택하고 싶어 하는 것을 알고 있었기 때문이다. 그 무렵에 쓴 나의 일기장들은, 그 후에 태워 버려서 지금은 없지만, 모두가 스스로를 모멸하고 오욕을 웃으며 견디는 내용들이었다. '어머니, 혹시 제가 지금 미친다면 대강 다음과 같은 원인들 때문일 테니 그 점에 유의하셔서 저를 치료해 보십시오……' 이러한 일기

dragged all these memories violently together and threw them in front of me. This crazy woman was dressed very attractively in a Korean style skirt and blouse, and she had a handbag hanging on her arm which seemed to have been picked to match the season. Her face was rather pretty and she wore heavy make-up. One could tell that the woman was crazy by the ceaseless rolling of her eyes and by the half-yawning bootblacks who stood in a ring around her, teasing her.

"She's studied so much they say it's turned her mind."

"Not at all, she must have been jilted by a man."

"She speaks American well. Will I ask her something?"

The bootblacks were talking like this in loud voices. One of them, a pimply fellow who was a little older, brazenly touched the woman's breast. Whenever he did this, the woman just screamed, with the same expressionless face as before. The screaming of the woman suddenly brought back the memory of a paragraph from the diary which I wrote in the lumber room in Mujin long ago.

It was when my mother was still alive. Lectures at college had been suspended because of the

를 쓰던 때를 이른 아침 역구내에서 본 미친 여자가 내 앞으로 끌어당겨 주었던 것이다. 무진이 가까웠다는 것을 나는 그 미친 여자를 통하여 느꼈고 그리고 방금 지나친, 먼지를 둘러쓰고 잡초 속에서 튀어나와 있는 이정비를 통하여 실감했다.

"이번에 자네가 전무가 되는 건 틀림없는 거구, 그러니 자네 한 일주일 동안 시골에 내려가서 긴장을 풀고 푹 쉬었다가 오게. 전무님이 되면 책임이 더 무거워질 테니 말야." 아내와 장인 영감은 자신들은 알지 못하는 사이에 퍽 영리한 권유를 내게 한 셈이었다. 내가 긴장을 풀어 버릴 수 있는, 아니 풀어 버릴 수밖에 없는 곳을 무진으로 정해 준 것은 대단히 영리한 짓이었다.

버스는 무진 읍내로 들어서고 있었다. 기와지붕들도 양철 지붕들도 초가지붕들도 유월 하순의 강렬한 햇빛을 받고 모두 은빛으로 번쩍이고 있었다. 철공소에서 들리는 쇠망치 두드리는 소리가 잠깐 버스로 달려들었다가 물러났다. 어디선지 분뇨 냄새가 새어 들어왔고 병원 앞을 지날 때는 크레졸 냄새가 났고 어느 상점의 스피커에서는 느려 빠진 유행가가 흘러나왔다. 거리는 텅 비어 있었고 사람들은 처마 끝의 그늘에 쭈그리고 앉아 있었다. 어린

outbreak of the Korean War, and having missed the last train leaving Seoul, I had walked the thousand odd *li* from Seoul to Mujin on feet which had become a mass of continuously bursting blisters. I was kept confined in the lumber room, in which I evaded every requisition by the Volunteer Army as well as conscription by the National Army. When the senior students of the middle school from which I graduated bandaged up their third fingers and paraded to the trucks that were standing in the town square, singing "if through my death the country lives..." and when they got up on those trucks and left for the front, I was sitting on my hunkers in the lumber room, just listening to the sound of their parade passing the front of the house. When news came that the battle front had moved north and that college lectures had begun again, I was hiding in the lumber room in Mujin. It was all because of my widowed mother. When everyone rushed to the battlefield, I was forced by my mother to hide in the lumber room where I spent the time masturbating. When news came that a neighbor's child had been killed in action, my mother rejoiced that I was safe, and even the occasional letter that came from a friend at the

아이들은 빨가벗고 기우뚱거리며 그늘 속을 걸어 다니고 있었다. 읍의 포장된 광장도 거의 텅 비어 있었다. 햇빛만이 눈부시게 그 광장 위에서 끓고 있었고 그 눈부신 햇빛 속에서, 정적 속에서 개 두 마리가 혀를 빼물고 교미를 하고 있었다.

## 밤에 만난 사람들

저녁식사를 하기 조금 전에 나는 낮잠에서 깨어나서 신문 지국들이 몰려 있는 거리로 갔다. 이모님 댁에서는 신문을 구독하고 있지 않았다. 그렇지만 신문은 도회인이 누구나 그렇듯이 이제 내 생활의 일부로서 내 하루의 시작과 끝을 맡아보고 있었던 것이다. 내가 찾아간 신문 지국에 나는 이모님 댁의 주소와 약도를 그려 주고 나왔다. 밖으로 나올 때 나는 내 등 뒤에서 지국 안에 있던 사람들이 그들끼리 무어라고 수군거리는 소리를 들었다. 아마 나를 알고 있는 사람들이었던 모양이다. "그래에? 거만하게 생겼는데……." "출세했다지?" "옛날…… 폐병……." 그런 속삭임 속에서, 나는 밖으로 나오면서 은근히 한마디를 기다리고 있었다. 그러나 결국 "안녕히 가십시오"는

front, she would tear them up without telling me. This was because she was aware that I would rather choose the battle line than the lumber room. The pages of the diary I wrote at this juncture—I don't have them now, I burned them all afterwards—their whole content was self-hate and the effort to support my disgrace with a smile, "Mother, if I should go crazy, the reasons will be pretty much as follows. Please be aware of these when you try to cure me..." Times when I made this kind of entry in my diary were dragged back before me by the crazy woman I saw in the station yard in the early morning. I felt the nearness of Mujin through that crazy woman, and right now again I was vividly aware of it through the dust covered signpost standing out of the wild grass.

"There's no doubt that you will become managing director this time. Go down to the country for a week, get rid of the tension, and take a good rest. I mean, when you become managing director, you will probably have even heavier responsibilities."

Actually, my wife and father-in-law had given me very sound advice, without realizing it fully. It was really wise to decide on Mujin as the place where I could get rid of my tensions, actually the only place

나오지 않고 말았다. 그것이 서울과의 차이점이었다. 그들은 이제 점점 수군거림의 소용돌이 속으로 끌려 들어가고 있으리라, 자기 자신조차 잊어버리면서. 나중에 그 소용돌이 밖으로 내던져졌을 때 자기들이 느낄 공허감도 모른다는 듯이 수군거리고 수군거리고 또 수군거리고 있으리라. 바다가 있는 쪽에서 바람이 불어오고 있었다. 몇 시간 전에 버스에서 내릴 때보다 거리는 많이 번잡해졌다. 학생들이 학교에서 돌아오고 있었다. 그들은 책가방이 주체스러운 모양인지 그것을 뱅뱅 돌리기도 하며 어깨 너머로 넘겨 들기도 하며 두 손으로 껴안기도 하며 혀끝에 침으로써 방울을 만들면서 그것을 입바람으로 훅 불어 날리곤 했다. 학교 선생들과 사무소의 직원들도 달그락거리는 빈 도시락을 들고 축 늘어져서 지나가고 있었다. 그러자 나는 이 모든 것이 장난처럼 생각되었다.

학교에 다닌다는 것, 학생들을 가르친다는 것, 사무소에 출근했다가 퇴근한다는 이 모든 것이 실없는 장난이라는 생각이 든 것이다. 사람들이 거기에 매달려서 낑낑댄다는 것이 우습게 생각되었다.

이모 댁으로 돌아와서 저녁을 먹고 있을 때, 나는 방문을 받았다. 박이라고 하는 무진중학교의 내 몇 해 후배였

where I could get rid of them.

The bus was entering the town of Mujin. Tiled roofs, galvanized roofs, and thatched roofs were all sparkling silver, all reflecting the intense, late June sunlight. The sound of a hammer beating in a foundry flew into the bus momentarily and then rushed out again. The smell of excrement seeped in from somewhere; there was odor of cresol when we were passing by the hospital; and strains of a battered popular song flowed from speakers in a shop. The streets were completely empty; people were squatting in the shade of the eaves; young children, naked, keeping to the shade, were peeping out. The town square, with its asphalt surface, was also almost completely empty. Only the sunlight was boiling blindingly on the square, and, in the stillness of this blinding sun, two dogs were copulating, their tongues hanging out.

## People Met at Night

I woke up from my nap just a little before suppertime and went down to the street where all the newspaper branch offices were grouped together. My aunt's house did not subscribe to a newspaper.

다. 한때 독서광이었던 나를 그 후배는 무척 존경하는 눈치였다. 그는 학생 시대에 이른바 문학 소년이었던 것이다. 미국의 작가인 피츠제럴드를 좋아한다고 하는 그 후배는 그러나 피츠제럴드의 팬답지 않게 아주 얌전하고 매사에 엄숙하였고 그리고 가난하였다. "신문 지국에 있는 제 친구에게서 내려오셨다는 얘길 들었습니다. 웬일이십니까?" 그는 정말 반가워해 주었다. "무진엔 왜 내가 못 올 덴가?" 그렇게 대답하며 나는 내 말투가 마음에 거슬렸다. "너무 오랫동안 오시지 않았으니까 그러는 거죠. 제가 군대에서 막 제대했을 때 오시고 이번이 처음이니까 벌써……." "벌써 한 사 년 되는군." 사 년 전 나는, 내가 경리의 일을 보고 있던 제약회사가 좀 더 큰 다른 회사와 합병되는 바람에 일자리를 잃고 무진으로 내려왔던 것이다. 아니 단지 일자리를 잃었다는 이유만으로 서울을 떠났던 것은 아니다. 동거하고 있던 희만 그대로 내 곁에 있어 주었던들 실의의 무진행은 없었으리라. "결혼하셨다더군요." 박이 물었다. "흐응, 자넨?" "전 아직. 참, 좋은 데로 장가드셨다고들 하더군요." "그래? 자넨 왜 여태 결혼하지 않고 있나? 자네 금년에 어떻게 되지?" "스물아홉입니다." "스물아홉이라. 아홉수가 원래 사납다고 하데만.

But the newspaper was a part of my life just like for all city people; my day began and ended with it. In the newspaper office which I went to, I wrote down the address of my aunt's house, drew a rough map of how to get there, and came out. As I came out, I could hear the people in the office whispering something among themselves. It looked as if they were people who knew me.

"Is that so? He looks arrogant..."

"...been very successful, has he...?"

"Long ago... T.B..."

Coming out amid this kind of whispering in my mind, I was waiting for the other word. But nobody said "goodbye". That's where Seoul was different. At this moment they were probably being dragged little by little into a whirlpool of whispering; and they would probably whisper and whisper and continue to whisper, completely forgetting themselves, as if they were unaware of the emptiness they would feel, when the whirlpool finally threw them out. The wind was blowing from the sea. The streets were very busy, compared with a few hours ago, when I got off the bus. Students were coming home from school. They were whirling their schoolbags—perhaps because they were awkward

금년엔 어떻게 해 보지 그래?" "글쎄요." 박은 소년처럼 머리를 긁었다. 사 년 전이니까 그해의 내 나이가 스물아홉이었고, 희가 내 곁에서 달아나 버릴 무렵에 지금 아내의 전남편이 죽었던 것이다. "무슨 나쁜 일이 있었던 건 아니겠죠?" 옛날의 내 무진행의 내용을 다소 알고 있는 박은 그렇게 물었다. "응, 아마 승진이 될 모양인데 며칠 휴가를 얻었지." "잘되셨군요. 해방 후의 무진중학 출신 중에선 형님이 제일 출세하셨다고들 하고 있어요." "내가?" 나는 웃었다. "예, 형님하고 형님 동기 중에서 조 형하고요." "조라니, 나하고 친하게 지내던 애 말인가?" "예, 그 형이 재작년엔가 고등고시에 패스해서 지금 여기 세무서장으로 있거든요." "아, 그래?" "모르셨어요?" "서로 소식이 별로 없었지. 그 애가 옛날엔 여기 세무서에서 직원으로 있었지, 아마?" "예." "그거 잘됐군. 오늘 저녁엔 그 친구에게나 가 볼까?" 친구 조는 키가 작았고 살결이 검은 편이었다. 그래서 키가 크고 살결이 창백한 나에게 열등감을 느낀다는 얘기를 내게 곧잘 했었다. '옛날에 손금이 나쁘다고 판단받은 소년이 있었다. 그 소년은 자기의 손톱으로 손바닥에 좋은 손금을 파 가며 열심히 일했다. 드디어 그 소년은 성공해서 잘살았다.' 조는 이런 얘

to carry—flinging them across their shoulders, or hugging them tightly with both hands; making balls of spit with their tongues and then sending the spit flying with a shot of their lips. Schoolteachers and office workers, empty lunch-boxes rattling in their hands, were passing languidly by. Suddenly it all seemed like a game to me. Attending school, teaching, going to the office and coming home; all these things suddenly struck me as a senseless game. It seemed laughable that people should be so bound up struggling with such things.

Back in my aunt's house, I had a visitor while I was eating supper. His name was Pak; he was a few years behind me in Mujin Middle School. He seemed to have great respect for me, just because I was once a bookworm. When we were at school, he was what you might call a literary minded youth. He used to say he liked the American writer, Fitzgerald, but unlike a Fitzgerald fan, he was very quiet, very solemn about everything, and extremely poor.

"I heard from a friend of mine in the newspaper office that you had come down. It's good to see you. What brought you here?" He really made me feel welcomed.

기에 가장 감격하는 친구였다. "참, 자넨 요즘 뭘 하고 있나?" 내가 박에게 물었다. 박은 얼굴을 붉히고 잠시 머뭇거리다가 모교에서 교편을 잡고 있다고, 그것이 무슨 잘못이라도 되는 것처럼 우물거리며 대답했다. "좋지 않아? 책 읽을 여유가 있으니까 얼마나 좋은가? 난 잡지 한 권 읽을 여유가 없네. 무얼 가르치고 있나?" 후배는 내 말에 용기를 얻었는지 아까보다는 조금 밝은 목소리로 대답했다. "국어를 가르치고 있습니다." "잘했어. 학교 측에서 보면 자네 같은 선생을 구하기도 힘들 거야." "그렇지도 않아요. 사범대학 출신들 때문에 교원 자격 고시 합격증 가지고 견디기가 힘들어요." "그게 또 그런가?" 박은 아무 말 없이 씁쓸한 미소만 지어 보였다.

저녁식사 후, 우리는 술 한잔씩을 마시고 나서 세무서장이 된 조의 집을 향하여 갔다. 거리는 어두컴컴했다. 다리를 건널 때 나는 냇가의 나무들이 어슴푸레하게 물속에 비춰 있는 것을 보았다. 옛날 언젠가 역시 이 다리를 밤중에 건너면서 나는 이 시커멓게 웅크리고 있는 나무들을 저주했었다. 금방 소리를 지르며 달려들 듯한 모습으로 나무들은 서 있었던 것이다. 세상에 나무가 없다면 얼마나 좋을까 하고 생각하기도 했었다. "모든 게 여전하군."

"Is there any reason why I shouldn't come to Mujin?" The way I said it made me feel bad.

"It's just that it's been so long since you have been here. You came once just when I was getting discharged from the army, and this is the first time since; so, now..."

"Yes, indeed, it's four years now."

Four years ago, when the pharmaceutical company in which I was an accountant was merging with a slightly larger company, I had lost my job and had come down to Mujin. Actually, the fact that I had lost my job was not the only reason why I had left Seoul. If only Hŭi, with whom I had been living, had still been there at my side, I probably wouldn't have made that dejected trip to Mujin.

"I heard you got married, true?"

Pak asked.

"Yes. Yourself?"

"Me? Not yet... They say you really married well, you know."

"Is that so? Why are you still unmarried? How old will you be this year?"

"I'll be twenty-nine."

"They always say nine is an unlucky number. But you'll have to try and do something about it this

내가 말했다. "그럴까요?" 후배가 웅얼거리듯이 말했다.

조의 응접실에는 손님들이 네 사람 있었다. 나의 손을 아프도록 쥐고 흔들고 있는 조의 얼굴이 옛날보다 윤택해지고 살결도 많이 하얘진 것을 나는 보고 있었다. "어서 자리로 앉아라. 이거 원 누추해서…… 빨리 마누랄 얻어야겠는데." 그러나 방은 결코 누추하지 않았다. "아니 아직 결혼 안 했나?" 내가 물었다. "법률 책 좀 붙들고 앉아 있었더니 그렇게 돼 버렸어. 어서 앉아." 나는 먼저 온 손님들에게 소개되었다. 세 사람은 남자로서 세무서 직원들이었고 한 사람은 여자로서 나와 함께 온 박과 무언가 얘기를 주고받고 있었다. "어어, 밀담들은 그만하시고. 하 선생, 인사해요, 내 중학 동창인 윤희중이라는 친굽니다. 서울에 있는 큰 제약회사의 간사님이시고 이쪽은 우리 모교에 와 계시는 음악 선생님이시고. 하인숙 씨라고, 작년에 서울에서 음악대학을 나오신 분이지." "아, 그러세요. 같은 학교에 계시는군요." 나는 박과 그 여선생을 번갈아 가리키며 여선생에게 말했다. "네." 여선생은 방긋 웃으며 대답했고 내 후배는 고개를 숙여 버렸다. "고향이 무진이신가요?" "아네요. 발령이 이곳으로 났기 땜에 저 혼자 와 있는 거예요." 그 여자는 개성 있는 얼굴을 가지고 있

year, right?"

"I don't know." Pak scratched his head like a young boy.

Four years ago... I was twenty-nine then. That was also when my present wife's former husband died at the same time as Hŭi left me.

"There isn't anything wrong, I trust?" Pak asked. He knew the reason for my past trips to Mujin to some extent.

"It looks like I'll get a promotion. I just took a few days off."

"They say that of all the graduates of Mujin Middle School since the liberation of our country, you have been the most successful."

"Me?" I laughed.

"Yes, you and one of your classmates, Cho."

"Cho? You mean the guy with whom I used to be friends?"

"Yes. He passed the higher Civil Service Examination—I think it was last year—and he's now superintendent of the Tax Office here, you know."

"Ah, is that so?"

"You didn't know?"

"We haven't been in touch much. He used to be on the staff here in the Tax Office, didn't he?"

었다. 윤곽은 갸름했고 눈이 컸고 얼굴색은 노리끼리했다. 전체로 보아서 병약한 느낌을 주고 있었지만 그러나 좀 높은 콧날과 두꺼운 입술이 병약하다는 인상을 버리도록 요구하고 있었다. 그리고 카랑카랑한 목소리가 코와 입이 주는 인상을 더욱 강하게 하고 있었다. "전공이 무엇이었던가요?" "성악 공부 좀 했어요." "그렇지만 하 선생님은 피아노도 아주 잘 치십니다." 박이 곁에서 조심스런 목소리로 끼어들었다. 조도 거들었다. "노래를 아주 잘하시지. 소프라노가 굉장하시거든." "아, 소프라노를 맡으시는가요?" 내가 물었다. "네, 졸업 연주회 때 '나비부인' 중에서 〈어떤 개인 날〉을 불렀어요." 그 여자는 졸업 연주회를 그리워하고 있는 듯한 음성으로 말했다.

방바닥에는 비단 방석이 놓여 있고 그 위에는 화투짝이 흩어져 있었다. 무진이다. 곧 입술을 태울 듯이 타 들어가는 담배꽁초를 입에 물고 눈으로 들어오는 그 담배 연기 때문에 눈물을 찔끔거리며 눈을 가늘게 뜨고, 이미 정오가 가까운 시각에야 잠자리에서 일어나서 그날의 허황한 운수를 점쳐 보던 화투짝이었다. 또는, 자신을 팽개치듯이 끼어들던 언젠가의 놀음판, 그 놀음판에서 나의 뜨거워져 가는 머리와 손가락만을 제외하곤 내 몸을 전연 느

"Yes."

"That's a great news. Shall we go to see him tonight?"

My friend Cho was small and rather dark complexioned. He often told me how he used to have an inferiority complex because of my height and fair skin. "Long long ago, there was a youth who got a bad palm reading. This youth worked hard trying to cut good lines into his palm with his nails. In the end the youth was successful and lived happily ever after." Cho was always deeply impressed by this kind of story.

"What are you doing these days?" I asked Pak.

Pak reddened, hesitated for a moment and said that he had a teaching position in our alma mater, mumbling out his answer as if there was something wrong about this.

"Isn't it a good life? It must be grand to have time to read books. I don't have time to read even a magazine. What are you teaching?"

Perhaps he had taken courage from my words, because when he answered, his tone of voice was a little brighter than it had been a moment ago.

"I'm teaching Korean."

"You're doing the right thing. It's probably not

끼지 못하게 만들던 그 화투짝이었다. "화투가 있군, 화투가." 나는 한 장을 집어서 딱 소리가 나게 내려치고 다시 그것을 집어서 내려치고 또 집어서 내려치고 하며 중얼거렸다. "우리 돈내기 한판 하실까요?" 세무서 직원 중의 하나가 내게 말했다. 나는 싫었다. "다음 기회에 하지요." 세무서 직원들은 싱글싱글 웃었다. 조가 안으로 들어갔다가 나왔다. 잠시 후에 술상이 나왔다.

"여기에 얼마쯤 있게 되나?" "일주일가량." "청첩장 한 장 없이 결혼해 버리는 법이 어디 있어? 하기야 청첩장을 보냈더라도 그땐 내가 세무서에서 주판알 튕기고 있을 때니까 별수도 없었겠지만 말이다." "난 그랬지만 청첩장 보내야 한다." "염려 마라. 금년 안으로는 받아 볼 수 있게 될 거다." 우리는 별로 거품이 일지 않는 맥주를 마셨다. "제약회사라면 그게 약 만드는 데 아닙니까?" "그렇죠." "평생 병 걸릴 염려는 없겠습니다그려." 굉장히 우스운 익살을 부렸다는 듯이 직원들은 방바닥을 치며 오랫동안 웃었다. "참, 박 군. 학생들한테서 인기가 대단하더구먼. 기껏 오 분쯤 걸어오면 될 거리에 살면서 나한테 왜 통 놀러 오지 않았나?" "늘 생각은 하고 있었습니다만……." "저기 앉아 계시는 하 선생님한테서 자네 얘긴

easy for the school to get your caliber of teacher."

"That's not really the case. With all the graduates from teachers colleges, it's hard to get by with just a certificate from the Teacher's Qualification Examination."

"Is that the way it is?"

Pak didn't say anything; he just smiled bitterly.

After supper, we had a drink and then went off towards Tax Superintendent Cho's house. The streets were dark and gloomy. As we crossed the bridge, I saw the trees reflected indistinctly in the water. Once, long ago, as I crossed this bridge at night, I had cursed those dark squatting trees. The trees were standing there looking as if they would cry out and spring at me at any moment. The thought even occurred to me, how wonderful it would be if there were no trees in the world.

"Everything is just as it was." I said.

"Really?" Pak murmured in reply.

There were four visitors in the sitting room of Cho's house. Cho shook and pressed my hand till it hurt, and I noted that there was more of a luster to his face than before, and that his skin had lightened in color.

"Come and sit down. God, the place is a mess...

늘 듣고 있었지. 자, 하 선생 맥주는 술도 아니니까 한잔 들어 봐요. 평소엔 그렇지도 않던데 오늘 저녁에 왜 이렇게 얌전을 피우실까?" "네 네, 거기 놓으세요. 제가 마시겠어요." "맥주는 좀 마셔 봤지요?" "대학 다닐 때 친구들과 어울려서 방문을 안으로 잠가 놓고 소주도 마셔 본걸요." "이거 술꾼인 줄은 몰랐는데." "마시고 싶어서 마신 게 아니라 시험 삼아서 맛 좀 본 거예요." "그래서 맛이 어떻습디까?" "모르겠어요. 술잔을 입에서 떼자마자 쿨쿨 자 버렸으니까요." 사람들이 웃었다. 박만이 억지로 웃는 듯한 웃음이었다. "내가 항상 생각하는 바지만, 하 선생님의 좋은 점은 바로 저기에 있거든. 될 수 있으면 얘기를 재미있게 하려고 한다는 점, 바로 그거야." "일부러 재미있게 하려고 하는 게 아녜요. 대학 다닐 때의 말버릇이에요." "아하, 그러고 보면 하 선생의 나쁜 점은 바로 저기 있어. '내가 대학 다닐 때'라는 말을 빼 놓곤 얘기가 안 됩니까? 나처럼 대학엔 문전에도 가 보지 못한 사람은 서러워서 살겠어요?" "죄송합니다아." "그럼 내게 사과하는 뜻에서 노래 한 곡 들려 주시겠어요?" "그거 좋습니다." "좋지요." "한번 들어 봅시다." 사람들이 박수를 쳤다. 여선생은 머뭇거렸다. "서울 손님도 오고 했으니까……그

I'll have to get myself a wife quick..."

But the house was by no means a mess.

"Are you saying that you haven't got married yet?" I asked.

"Always sitting with law books in my hand, I never got around to it."

"Come and sit down."

I was introduced to the visitors who were already there. Three of them, men, were staff from the Tax Office; and one other, a woman, was exchanging conversation with Pak.

"No more secret conversations, Miss Ha, I want you to meet someone. This is Yun Hŭi-jung, a middle school classmate and friend. He is manager of a big pharmaceutical company in Seoul. And this is Miss Ha In-suk, a music teacher in our alma mater; she graduated from a music college in Seoul last year."

"Ah, I see. You are both teaching at the same school," I said, looking in turn from Pak to the woman, but addressing my remarks to the woman.

"Yes." She answered, with a smile; Pak hung his head.

"Is Mujin your hometown?"

"No, I was appointed here, which is why I'm here

지난번에 부르던 거 참 좋습디다." 조는 재촉했다. "그럼 부릅니다." 여선생은 거의 무표정한 얼굴로 입을 조금만 달싹거리며 노래를 부르기 시작했다. 세무서 직원들이 손가락으로 술상을 두드리기 시작했다. 여선생은 〈목포의 눈물〉을 부르고 있었다. 〈어떤 개인 날〉과 〈목포의 눈물〉 사이에는 얼마만큼의 유사성이 있을까? 무엇이 저 아리아들로써 길들여진 성대에서 유행가를 나오게 하고 있을까? 그 여자가 부르는 〈목포의 눈물〉에는 작부들이 부르는 그것에서 들을 수 있는 것과 같은 꺾임이 없었고, 대체로 유행가를 살려 주는 목소리의 갈라짐이 없었고 흔히 유행가가 내용으로 하는 청승맞음이 없었다. 그 여자의 〈목포의 눈물〉은 이미 유행가가 아니었다. 그렇다고 '나비부인' 중의 아리아는 더욱 아니었다. 그것은 이전에는 없었던 어떤 새로운 양식의 노래였다. 그 양식은 유행가가 내용으로 하는 청승맞음과는 다른, 좀 더 무자비한 청승맞음을 포함하고 있었고 〈어떤 개인 날〉의 그 절규보다도 훨씬 높은 옥타브의 절규를 포함하고 있었고, 그 양식에는 머리를 풀어헤친 광녀의 냉소가 스며 있었고 무엇보다도 시체가 썩어 가는 듯한 무진의 그 냄새가 스며 있었다.

그 여자의 노래가 끝나자 나는 의식적으로 바보 같은

on my own."

Her face showed character. It was oval shaped, her eyes big, and her color pale. All in all, although she gave the impression of being delicate, her high nose and full lips demanded that one reject this impression of delicacy. Her full voice further reinforced the impression given by her nose and lips.

"What did you major in?"

"I studied voice."

"Miss Ha is also a very good pianist," Pak interjected in a careful voice. Cho also lent his support. "She sings extremely well—actually, she's an outstanding soprano."

"Ah, you sang soprano in school?" I asked.

"Yes. I sang "One Fine Day" from *Madame Butterfly* at my graduation concert."

She spoke in a tone of voice which showed that her heart was still at that graduation concert.

There were silk cushions on the floor and a pack of cards scattered over them. A cigarette-end in my mouth, burning shorter and shorter till it seemed like it would set fire to my lips; tear-streaming eyes narrowed against the cigarette smoke; getting out of bed when it was already almost high noon and

웃음을 띠고 박수를 쳤고, 그리고 육감으로써랄까, 나는 후배인 박이 이 자리에서 떠나고 싶어 하는 것을 알았다. 나의 시선이 박에게로 갔을 때, 나의 시선을 박은 기다렸다는 듯이 자리에서 일어났다. 누군가 그에게 앉기를 권했으나 박은 해사한 웃음을 띠며 거절했다. "먼저 실례합니다. 형님은 내일 또 뵙지요." 조는 대문까지 따라 나왔고 나는 한길까지 박을 바래다주려고 나갔다. 밤이 깊지 않았는데도 거리는 적막했다. 어디선지 개 짖는 소리가 들려왔고 쥐 몇 마리가 한길 위에서 무엇을 먹고 있다가 우리의 그림자에 놀라 흩어져 버렸다. "형님, 보세요. 안개가 내리는군요." 과연 한길의 저 끝이, 불빛이 드문드문 박혀 있는 먼 주택지의 검은 풍경들이 점점 풀어져 가고 있었다. "자네, 하 선생을 좋아하고 있는 모양이군." 내가 물었다. 박은 다시 해사한 웃음을 띠었다. "그 여선생과 조 군과 무슨 관계가 있는 모양이지?" "모르겠습니다. 아마 조 형이 결혼 대상자 중의 하나로 생각하고 있는 거 같아요." "자네가 그 여선생을 좋아한다면 좀 더 적극적으로 나가야 해. 잘해 봐." "뭐, 별로……." 박은 소년처럼 말을 더듬거렸다. "그 속물들 틈에 앉아서 유행가를 부르고 있는 게 좀 딱해 보였을 뿐이지요. 그래서 나와 버린

divining the day's fickle fortune with that pack of cards. Or, the pack of cards in the inevitable gambling spot, into which I used to abandon myself without regard for the outcome; cards which made me completely oblivious of any feeling in my body, except for an ever growing fever in my head and a trembling in my fingers.

"Playing cards! I see you have playing cards." I muttered, repeatedly lifting a card and slapped it down.

"Would you like to play a round for money?" One of the staff of the Tax Office asked me. I didn't want to.

"Perhaps next time."

The staff member laughed softly. Cho went inside for a moment and came out again. A little later someone brought a liquor table.

"About how long will you be here?"

"About a week."

"What's this thing of going off and getting married without as much as a single invitation card? Of course, even if you had sent me an invitation card, at that time I would still have been running up and down my abacus and wouldn't have been able to do anything about it anyway."

거죠.” 박은 분노를 누르고 있는 듯이 나직나직 말했다. “클래식을 부를 장소가 있고 유행가를 부를 장소가 따로 있다는 것뿐이겠지. 뭐 딱할 거까지야 있나?” 나는 거짓말로써 그를 위로했다. 박은 가고 나는 다시 ‘속물’들 틈에 끼었다. 무진에서는 누구나 그렇게 생각하는 것이다. 타인은 모두 속물들이라고. 나 역시 그렇게 생각하는 것이다. 타인이 하는 모든 행위는 무위와 똑같은 무게밖에 가지고 있지 않은 장난이라고.

밤이 퍽 깊어서 우리는 자리에서 일어났다. 조는 내가 자기 집에서 자고 가기를 권했다. 그러나 다음 날 아침에 잠자리에서 일어나서 그 집을 나올 때까지의 부자유스러움을 생각하고 나는 기어코 밖으로 나섰다. 직원들도 도중에서 흩어져 가고 결국엔 나와 여자만이 남았다. 우리는 다리를 건너고 있었다. 검은 풍경 속에서 냇물은 하얀 모습으로 뻗어 있었고 그 하얀 모습의 끝은 안개 속으로 사라지고 있었다. “밤엔 정말 멋있는 고장이에요.” 여자가 말했다. “그래요? 다행입니다.” 내가 말했다. “왜 다행이라고 말씀하시는 줄 짐작하겠어요.” 여자가 말했다. “어느 정도까지 짐작하셨어요?” 내가 물었다. “사실은 멋이 없는 고장이니까요. 제 대답이 맞았어요?” “거의.” 우

"Even though I did that, you must still send me an invitation card."

"Don't worry."

We drank beer which had little or no head on it.

"A pharmaceutical company is where medicine is made, isn't it?"

"That's right."

"Wouldn't have to worry about catching a disease for all of one's life."

The staff member laughed for a long time, striking the floor, as if this was an extremely witty joke.

"Hey, Mr. Pak, I heard that you are terribly popular with the students... You live five minutes' walk away from here. Why have you never come by?"

"I've been always thinking of it, but..."

"I have been regularly hearing about you from Miss Ha over there... Miss Ha, beer isn't liquor, so have a glass at least. You're normally not this quiet. Why are you pretending to be demure this evening?"

"Yes, yes. Put it there. I'll drink it."

"I am guessing you have drunk beer before?"

"Why, yes, when I was going to college, I even drank *soju* with my friends. We used to lock the door of the room from inside."

리는 다리를 다 건넜다. 거기서 우리는 헤어져야 했다. 그 여자는 냇물을 따라서 뻗어 나간 길로 가야 했고 나는 곧장 난 길로 가야 했다. "아, 글루 가세요. 그럼……." 내가 말했다. "조금만 바래다주세요. 이 길은 너무 조용해서 무서워요." 여자가 조금 떨리는 목소리로 말했다. 나는 다시 여자와 나란히 서서 걸었다. 나는 갑자기 이 여자와 친해진 것 같았다. 다리가 끝나는 바로 거기에서부터, 그 여자가 정말 무서워서 떠는 듯한 목소리로 내게 바래다주기를 청했던 바로 그때부터 나는 그 여자가 내 생애 속에 끼어든 것을 느꼈다. 내 모든 친구들처럼, 이제는 모른다고 할 수 없는, 때로는 내가 그들을 훼손하기도 했지만 그러나 더욱 많이 그들이 나를 훼손시켰던 내 모든 친구들처럼. "처음에 뵈었을 때, 뭐랄까요, 서울 냄새가 난다고 할까요, 퍽 오래전부터 알던 사람처럼 느껴졌어요. 참 이상하죠?" 갑자기 여자가 말했다. "유행가." 내가 말했다. "네?" "아니 유행가는 왜 부르십니까? 성악 공부한 사람들은 될 수 있는 대로 유행가를 멀리하지 않았던가요?" "그 사람들은 항상 유행가만 부르라고 하거든요." 대답하고 나서 여자는 부끄러운 듯이 나지막하게 소리 내어 웃었다. "유행가를 부르지 않으려면 거기에 가지 않는 게 좋다고 얘

"I didn't know we had a big drinker here."

"I didn't drink because I liked it. I just wanted to see what it tasted like."

"So, how did it taste?"

"I don't know. I used to fall fast asleep as soon as I took the glass from my lips."

Everyone laughed. Only Pak's smile seemed to be forced.

"I always think that this is Miss Ha's strong point. In so far as possible she tries to make the conversation lively, that's her strong point."

"I am not making a deliberate effort to be entertaining. It's a way of talking that comes from my college days."

"And there's Miss Ha's weak point. Must every piece of conversation end with 'my college days'? Think how hard it would be for someone like me who has never even been to the gate of a college. Isn't it enough to kill a man?"

"I'm sorry."

"All right. Then by way of apology, will you sing a song for us?"

"Good idea."

"That's a great idea!"

"Let's have a song!"

기하면 내정간섭이 될까요?" "정말 앞으론 가지 않을 작정이에요. 정말 보잘것없는 사람들이에요." "그럼 왜 여태까진 거기에 놀러 다녔습니까?" "심심해서요." 여자는 힘없이 말했다. 심심하다. 그래 그게 가장 정확한 표현이다. "아까 박 군은 하 선생님께서 유행가를 부르고 계시는 게 보기에 딱하다고 하면서 나가 버렸지요." 나는 어둠 속에서 여자의 얼굴을 살폈다. "박 선생님은 정말 꽁생원이에요." 여자는 유쾌한 듯이 높은 소리로 웃었다. "선량한 사람이죠." 내가 말했다. "네, 너무 선량해요." "박 군이 하 선생님을 사랑하고 있다는 생각을 해 본 적은 없었던가요?" "아이, '하 선생님 하 선생님' 하지 마세요. 오빠라고 해도 제 큰 오빠뻘이나 되실 텐데요." "그럼 무어라고 부릅니까?" "그냥 제 이름을 불러주세요. 인숙이라고요." "인숙이, 인숙이." 나는 낮은 소리로 중얼거려 보았다. "그게 좋군요." 나는 말했다. "인숙인 왜 내 질문을 피하지요?" "무슨 질문을 하셨던가요?" 여자는 웃으면서 말했다. 우리는 논 곁을 지나가고 있었다. 언젠가 여름밤, 멀고 가까운 논에서 들려오는 개구리들의 울음소리를, 마치 수많은 비단조개 껍질을 한꺼번에 맞부빌 때 나는 듯한 소리를 듣고 있을 때 나는 그 개구리 울음소리들이 나의

Everyone clapped. Miss Ha hesitated.

"Now that we have a guest from Seoul, too... I thought the song you sang the last time was really nice." Cho pressed her.

"All right, I'll sing."

The teacher began to sing. Her face was almost expressionless with just a slight movement in her lips. The staff of the Tax Office began to beat time on the liquor table. She was singing "Tears of Mokpo." I wonder how much similarity there is between "One Fine Day" and "Tears of Mokpo." What makes vocal cords that were trained to sing arias sing a popular song? Her "Tears of Mokpo" didn't have the little frills which wine-house girls put into such songs; it didn't have that huskiness which is in large part the saving grace of a popular song; nor did it have that wistful sadness which so often constitutes the content of a popular song. In fact, her "Tears of Mokpo" had ceased to be a popular song at all. But it was not an aria from *Madame Butterfly*, either. "It was a new style of song, something that hadn't yet existed. Instead of the wistful sadness which is the content of popular songs, it had a cold morbid sadness, a cry of pent-up emotional need in a much higher octave than in

감각 속에서 반짝이고 있는 수없이 많은 별들로 바뀌어져 있는 것을 느끼곤 했었다. 청각의 이미지가 시각의 이미지로 바뀌는 이상한 현상이 나의 감각 속에서 일어나곤 했었던 것이다. 개구리 울음소리가 반짝이는 별들이라고 느낀 나의 감각은 왜 그렇게 뒤죽박죽이었을까. 그렇지만 밤하늘에서 쏟아질 듯이 반짝이고 있는 별들을 보고 개구리의 울음소리가 귀에 들려오는 듯했었던 것은 아니다. 별들을 보고 있으면 나는 나의 어느 별과 그리고 그 별과 또 다른 별들 사이의 안타까운 거리가, 과학책에서 배운 바로써가 아니라, 마치 나의 눈이 점점 정확해져 가고 있는 듯이 나의 시력에 뚜렷하게 보여 오는 것이었다. 나는 그 도달할 길 없는 거리를 보는 데 홀려서 멍하니 서 있다가 그 순간 속에서 그대로 가슴이 터져 버리는 것 같았었다. 왜 그렇게 못 견디어 했을까. 별이 무수히 반짝이는 밤하늘을 보고 있던 옛날 나는 왜 그렇게 분해서 못 견디어 했을까. "무얼 생각하고 계세요?" 여자가 물어왔다. "개구리 울음소리." 대답하며 나는 밤하늘을 올려다봤다. 내리고 있는 안개에 가려서 별들이 흐릿하게 떠 보였다. "어머, 개구리 울음소리. 정말예요, 제겐 여태까지 개구리 울음소리가 들리지 않았어요. 무진의 개구리는 밤 열두

"One Fine Day"; it had the icy sneer of a madwoman, whose hair has fallen in a tangled heap, running through it, and, above all, it had that fetid, corpselike smell which is typical of Mujin.

I smiled as soon as she finished the song, a consciously foolish smile, and I applauded. And—shall I call it a sixth sense?—I was aware that Pak wanted to leave this scene. When my eyes fell on Pak, he got up from his place, as if he had been waiting. Everyone urged him to stay, but Pak refused with a mechanical smile.

"Please excuse me. I shall see you again tomorrow," he said to me.

Cho accompanied him to the gate, and I went with him as far as the main street. It wasn't too late, but the street was deserted. I could hear a dog barking somewhere. A few rats eating something on the main street scattered, frightened by our shadows.

"Look! The fog is coming down."

Sure enough, away at the far end of the main street, the black outline of a residential area, studded here and there with lights, was gradually dissolving.

"You seem to like Miss Ha," I said.

시 이후에만 우는 줄로 알고 있었는데요." "열두 시 이후에요?" "네, 밤 열두 시가 넘으면 제가 방을 얻어 있는 주인댁의 라디오 소리도 꺼지고 들리는 거라곤 개구리 울음소리뿐이거든요." "밤 열두 시가 넘도록 잠을 자지 않고 무얼 하시죠?" "그냥 가끔 그렇게 잠이 오지 않아요." 그냥 그렇게 잠이 오지 않는다. 아마 그건 사실이리라. "사모님 예쁘게 생기셨어요?" 여자가 갑자기 물었다. "제 아내 말씀인가요?" "네." "예쁘죠." 나는 웃으면서 대답했다. "행복하시죠? 돈이 많고 예쁜 부인이 있고 귀여운 아이들이 있고 그러면……." "아이들은 아직 없으니까 좀금 덜 행복하겠군요." "어머, 결혼을 언제 하셨는데 아직 아이들이 없어요?" "이제 삼 년 좀 넘었습니다." "특별한 용무도 없이 여행하시면서 왜 혼자 다니세요?" 이 여자는 왜 이런 질문을 할까? 나는 조용히 웃어 버렸다. 여자는 아까보다 좀 더 명랑한 목소리로 말했다. "앞으로 오빠라고 부를 테니까 절 서울로 데려가 주시겠어요?" "서울에 가고 싶으신가요?" "네." "무진이 싫은가요?" "미칠 것 같아요. 금방 미칠 것 같아요. 서울엔 제 대학 동창들도 많고…… 아이, 서울로 가고 싶어 죽겠어요." 여자는 잠깐 내 팔을 잡았다가 얼른 놓았다. 나는 갑자기 흥분되었다. 나는 이

Pak smiled that mechanical smile again.

"There is something going on between her and Cho, isn't there?"

"Our friend, Cho, seems to be thinking of her as one of his possible brides."

"If you like her, you had better go about it a bit more actively. Give it a good try."

"Ah, not really..." Pak groped for words like a boy. "It's just that sitting with those snobs and singing a popular song seemed a little regrettable, that's all. That's why I left." He spoke softly as if controlling his anger.

"It's just a question of there being one place to sing classical music and another place to sing popular songs. There isn't anything regrettable in it, is there?" I comforted him with a lie.

Pak went off, and I returned to mingle with the "snobs." Everyone in Mujin thinks like that, that the other man is a snob. I also think the same way, that everything the other man does is a game, carrying no more weight or value than idleness.

It was well into the night when we got up to leave. Cho urged me to sleep over in his house. But thinking of the constrictiveness of being there till I got up from bed the next morning and left, I

마를 찡그렸다. 찡그리고 찡그리고 또 찡그렸다. 그러자 홍분이 가셨다. "그렇지만 이젠 어딜 가도 대학 시절과는 다를걸요. 인숙은 여자니까 아마 가정으로나 숨어 버리기 전에는 어느 곳에 가든지 미칠 것 같을 걸요." "그런 생각도 해 봤어요. 그렇지만 지금 같아선 가정을 갖는다고 해도 미칠 것 같은 생각이 들어요. 정말 맘에 드는 남자가 아니면요. 정말 맘에 드는 남자가 있다고 해도 여기서는 살기가 싫어요. 전 그 남자에게 여기서 도망하자고 조를 거예요." "그렇지만 내 경험으로는 서울에서의 생활이 반드시 좋지도 않더군요. 책임, 책임뿐입니다." "그렇지만 여긴 책임도 무책임도 없는 곳인걸요. 하여튼 서울에 가고 싶어요. 절 데려가 주시겠어요?" "생각해 봅시다." "꼭이에요. 네?" 나는 그저 웃기만 했다. 우리는 그 여자의 집 앞에까지 왔다. "선생님, 내일은 무얼 하실 계획이세요?" 여자가 물었다. "글쎄요. 아침엔 어머님 산소엘 다녀와야 하겠고, 그러고 나면 할 일이 없군요. 바닷가에나 가 볼까 하는데요. 거긴 한때 내가 방을 얻어 있던 집이 있으니까 인사도 할 겸." "선생님, 내일 거긴 오후에 가세요." "왜요?" "저도 같이 가고 싶어요. 내일은 토요일이니까 오전 수업뿐이에요." "그럽시다." 우리는 내일 만날 시간과

refused. The staff all branched off their own ways as we went along, until finally only the woman and I were left. We were crossing the bridge. The water stretched out white in the black landscape, and this appearance of whiteness disappeared into the fog at its edges.

"It's really a charming place at night," she said.

"Is that so? Good for you," I said.

"I can guess why you say that," she said.

"What's your guess?" I asked.

"You think that it's actually not such a charming place. Am I right?"

We had crossed the bridge. This was where we had to part. She had to take the road that stretched along the bank of the stream while I had to go on the road straight ahead.

"Ah, You're going that way. Well..." I said.

"Walk with me a little farther. This road frightens me, it's so quiet." There was a slight tremor in her voice as she spoke. Once again I began to walk side by side with her. I seemed suddenly to have become friends with this woman. Right from that spot where the bridge ends, when she asked me to see her home in a voice that seemed to be trembling with real fear; at that very moment I felt that this

장소를 약속하고 헤어졌다. 나는 이상한 우울에 빠져서 터벅터벅 밤길을 걸어 이모 댁으로 돌아왔다.

내가 이불 속으로 들어갔을 때 통금 사이렌이 불었다. 그것은 갑작스럽게 요란한 소리였다. 그 소리는 길었다. 모든 사물이 모든 사고가 그 사이렌에 흡수되어 갔다. 마침내 이 세상에선 아무것도 없어져 버렸다. 사이렌만이 세상에 남아 있었다. 그 소리도 마침내 느껴지지 않을 만큼 오랫동안 계속할 것 같았다. 그때 소리가 갑자기 힘을 잃으면서 꺾였고 길게 신음하며 사라져 갔다. 내 사고만이 다시 살아났다. 나는 얼마 전까지 그 여자와 주고받던 얘기들을 다시 생각해 보려 했다. 많은 것을 얘기한 것 같은데 그러나 귓속에는 우리의 대화가 몇 개 남아 있지 않았다. 좀 더 시간이 지난 후, 그 대화들이 내 귓속에서 내 머릿속으로 자리를 옮길 때는 그리고 머릿속에서 심장 속으로 옮겨 갈 때는 또 몇 개가 더 없어져 버릴 것인가. 아니 결국엔 모두 없어져 버릴지도 모른다. 천천히 생각해 보자. 그 여자는 서울에 가고 싶다고 했다. 그 말을 그 여자는 안타까운 음성으로 얘기했다. 나는 문득 그 여자를 껴안고 싶은 충동에 사로잡혔다. 그리고…… 아니, 내 심장에 남을 수 있는 것은 그것뿐이었다. 그러나 그것도 일

woman had inserted herself into my life. Just like all my friends—and this is something which I cannot now deny—like all my friends whom I undoubtedly hurt sometimes, but who hurt me a lot more often.

"When I met you first—how shall I put it—I felt that you carried an air of Seoul with you. I felt as if you were someone I have known for a long time. Very strange, isn't it?" The woman suddenly spoke.

"Popular songs," I said.

"What?"

"Really, why do you sing popular songs? Don't people who have studied voice always try to keep away from popular songs, as far as possible?"

"Because those people are always asking me to sing popular songs." She laughed softly, as if embarrassed, when she answered.

"Would it be meddling in private affairs for me to say that it would be better for you not to go there, if you don't want to sing popular songs?"

"Really, I don't intend to go there anymore. Really, they are worthless people."

"Well, why, then, have you been visiting them?"

"Because I was bored," she replied listlessly.

Bored—yes, that's by far the best expression for it.

"Back there, when you were singing that popular

단 무진을 떠나기만 하면 내 심장 위에서 지워져 버리리라. 나는 잠이 오지 않았다. 낮잠 때문이기도 하였다. 나는 어둠 속에서 담배를 피웠다. 나는 우울한 유령들처럼 나를 내려다보고 있는 벽에 걸린 하얀 옷들을 흘겨보고 있었다. 나는 담뱃재를 머리맡의 적당한 곳에 털었다. 내일 아침 걸레로 닦아 내면 될 어느 곳에. '열두 시 이후에 우는' 개구리 울음소리가 희미하게 들려오고 있었다. 어디선가 한 시를 알리는 시계 소리가 나직이 들려왔다. 어디선가 두 시를 알리는 시계 소리가 들려왔다. 어디선가 세 시를 알리는 시계 소리가 들려왔다. 어디선가 네 시를 알리는 시계 소리가 들려왔다. 잠시 후에 통금 해제의 사이렌이 불었다. 시계와 사이렌 중 어느 것 하나가 정확하지 못했다. 사이렌은 갑작스럽고 요란한 소리였다. 그 소리는 길었다. 모든 사물이, 모든 사고가 그 사이렌에 흡수되어 갔다. 마침내 이 세상에선 아무것도 없어져 버렸다. 사이렌만 이 세상에 남아 있었다. 그 소리도 마침내 느껴지지 않을 만큼 오랫동안 계속할 것 같았다. 그때 소리가 갑자기 힘을 잃으면서 꺾였고 길게 신음하며 사라져 갔다. 어디선가 부부들은 교합하리라. 아니다. 부부가 아니라 창부와 그 여자의 손님이리라. 나는 왜 그런 엉뚱한 생

song, Mr. Pak seemed to regret it; that's why he went off."

I searched her face in the darkness.

"Everything is always black and white with Mr. Pak. Straight down the line."

She laughed in a high-pitched, cheerful voice.

"He's a good man, really," I said.

"Yes, he's too good."

"Has it ever occurred to you that Mr. Pak is in love with you, Miss Ha?"

"Ah, Miss Ha, Miss Ha? Don't keep calling me Miss Ha. If you were my brother, you would be my oldest brother."

"Well, what will I call you?"

"Just call me by my name, In-suk."

"In-suk, In-suk," I tried murmuring it in a low voice.

"That sounds real good," I said. "In-suk, why are you avoiding my question?"

"What was it you asked?" She laughed as she spoke.

We were passing by a rice field. At one time, on summer nights, when listening to the croaking of frogs coming from rice fields far and near, like the sound made by innumerable rainbow shells being

각을 하고 있는지 알 수 없었다. 잠시 후에 나는 슬며시 잠이 들었다.

## 바다로 뻗은 긴 방죽

그날 아침엔 이슬비가 내리고 있었다. 식전에 나는 우산을 받쳐 들고 읍 근처의 산에 있는 어머니의 산소로 갔다. 나는 바지를 무릎 위까지 걷어 올리고 비를 맞으며 묘를 향하여 엎드려 절했다. 비가 나를 굉장한 효자로 만들어 주었다. 나는 한 손으로 묘 위의 긴 풀을 뜯었다. 풀을 뜯으면서 나는 나를 전무님으로 만들기 위하여 전무 선출에 관계된 사람들을 찾아다니며 그 호걸웃음을 웃고 있을 장인 영감을 상상했다. 그러나 나는 묘 속으로 들어가고 싶었다.

돌아가는 길은 좀 멀기는 하지만 잔디가 곱게 깔린 방죽 길을 걷기로 했다. 이슬비가 바람에 뿌옇게 날리고 있었다. 비를 따라서 풍경이 흔들렸다. 나는 우산을 접어 버렸다. 방죽 위를 걸어가다가 나는 방죽의 경사 밑, 물가의 풀밭에 읍에서 먼 촌으로부터 등교하기 위하여 오던 학생들이 모여서 웅성거리고 있는 것을 보았다. 나이 많은 사

rubbed together, I felt that the croaking of the frogs transformed itself into innumerable, twinkling stars. It was a strange phenomenon, this sensation, which I used to feel, of an auditory image changing to a visual one. Why did I have this sensation of the croaking of frogs feeling like twinkling stars? Why were my senses so mixed-up? At the same time, when I looked at the stars, twinkling in the night sky as if they would fall out of it, I could vividly see the tantalizing distance between a star and me, or between that star and another star. It was different from what I had learned in the science books. They seemed to become ever more distinct in my vision, as if my eyesight was gradually becoming keener. Looking at this unbridgeable distance, standing there in spell-bound abstraction, it seemed as if my heart would burst asunder, as if I would go mad in that moment. I wonder why I found it so hard to bear? Why was this "me" of the past so angered by, so unable to bear the sight of the night sky's innumerably twinkling stars?

"What are you thinking about?" she asked.

"The croaking of the frogs," I answered, looking up at the night sky. Shrouded by the descending fog; the stars appeared dim in the sky.

람들이 몇 사람 끼어 있었고 비옷을 입은 순경 한 사람이 방죽의 비탈 위에 쭈그리고 앉아서 담배를 피우며 먼 곳을 바라보고 있었고 노파 한 사람이 혀를 차며 웅성거리고 있는 학생들의 틈을 빠져나와서 갔다. 나는 방죽의 비탈을 내려갔다. 순경 곁을 지나면서 나는 물었다. "무슨 일입니까?" "자살 시첸니다." 순경은 흥미 없는 말투로 말했다. "누군데요?" "읍내에 있는 술집 여잡니다. 초여름이 되면 반드시 몇 명씩 죽지요." "네에." "저 계집애는 아주 독살스러운 년이어서 안 죽을 줄 알았더니, 저것도 별수 없는 사람이었던 모양입니다." "네에." 나는 물가로 내려가서 학생들 틈에 끼었다. 시체의 얼굴은 냇물을 향하고 있었으므로 내게는 보이지 않았다. 머리는 파마였고 팔과 다리가 하얗고 굵었다. 붉은색의 얇은 스웨터를 입고 있었고 하얀 스커트를 입고 있었다. 지난밤의 새벽은 추웠던 모양이다. 아니면 그 옷이 그 여자의 맘에 든 옷이었던가 보다. 푸른 꽃무늬 있는 하얀 고무신을 머리에 베고 있었다. 무엇인가를 싼 하얀 손수건이 그 여자의 축 늘어진 손에서 좀 떨어진 곳에 굴러 있었다. 하얀 손수건은 비를 맞고 있었고 바람이 불어도 조금도 나부끼지 않았다. 시체의 얼굴을 보기 위해서 많은 학생들이 냇물 속에 발을 담

"Gosh! the croaking of the frogs. You're right. I never heard the croaking of the frogs before. I always thought that Mujin's frogs only cried after midnight."

"After midnight?"

"Yes. When it was past midnight and the radio of the owner of the house, in which I have a room, goes off, the only thing I can hear is the croaking of the frogs, you know."

"What are you doing after twelve, not sleeping?"

"It's just that sometimes I can't sleep."

Sleep just sometimes won't come; that's probably true.

"Is Madame pretty?" she suddenly asked.

"My wife, you mean?"

"Yes."

"Yes, she's pretty." I laughed as I replied.

"You're happy, aren't you? Plenty of money, a pretty wife, lovable children, so..."

"I don't have any children yet, so I suppose that makes me a little less happy now."

"My goodness! When did you get married that you still have no children?"

"It's a little over three years now."

"You're traveling, you have no special business—

그고 이쪽을 향하여 서 있었다. 그들의 푸른색 유니폼이 물에 거꾸로 비쳐 있었다. 푸른색의 깃발들이 시체를 옹위하고 있었다. 나는 그 여자를 향하여 이상스레 정욕이 끓어오름을 느꼈다. 나는 급히 그 자리를 떠났다. "무슨 약을 먹었는지 모르겠지만 지금이라도 어쩌면……." 순경에게 내가 말했다. "저런 여자들이 먹는 건 청산가립니다. 수면제 몇 알 먹고 떠들썩한 연극 같은 건 안 하지요. 그것만은 고마운 일이지만." 나는 무진으로 오는 버스 칸에서 수면제를 만들어 팔겠다는 공상을 한 것이 생각났다. 햇빛의 신선한 밝음과 살갗에 탄력을 주는 정도의 공기의 저온, 그리고 해풍에 섞여 있는 정도의 소금기, 이 세 가지를 합성하여 수면제를 만들 수 있다면…… 그러나 사실 그 수면제는 이미 만들어져 있었던 게 아닐까. 나는 문득, 내가 간밤에 잠을 이루지 못하고 뒤척거리고 있었던 게 이 여자의 임종을 지켜 주기 위해서가 아니었을까 하는 생각이 들었다. 통금 해제의 사이렌이 불고 이 여자는 약을 먹고 그제야 나는 슬며시 잠이 들었던 것만 같다. 갑자기 나는 이 여자가 나의 일부처럼 느껴졌다. 아프긴 하지만 아끼지 않으면 안 될 내 몸의 일부처럼 느껴졌다. 나는 접어 든 우산에 묻은 물을 휙휙 뿌리면서 집으로 돌아왔

why do you travel on your own?"

Why was this woman asking such questions? I laughed quietly. The woman spoke in a voice more cheerful than before.

"If I call you my brother, would you take me to Seoul?"

"Do you want to go to Seoul?"

"Yes."

"I think I'll go mad. Right now I think I'll go mad. I have a lot of college friends in Seoul... I want to go to Seoul so bad it's killing me."

She gripped my arm for a moment and quickly dropped it. Suddenly I was aroused. I frowned. I frowned and frowned and frowned again. The excitement passed.

"All the same, no matter where you go now, it's going to be different from when you were at college. In-suk, because you are a woman, no matter where you go, you'll probably feel you're going to go mad, unless you bury yourself in a family."

"I thought about that, too, myself. But as things are now, I feel like I would go mad even if I had a family. I mean, if he wasn't a man who really appealed to me. Even if there was a man who really

다. 집에는 세무서장인 조가 보낸 쪽지가 기다리고 있었다. '할 일 없으면 세무서에 좀 들러 주게.' 아침밥을 먹고 나는 세무서로 갔다. 이슬비는 그쳤으나 하늘은 흐렸다. 나는 조의 의도를 알 것 같았다. 서장실에 앉아 있는 자기의 모습을 보여 주고 싶은 거다. 아니, 내가 비꼬아서 생각하고 있는지 모른다. 나는 고쳐 생각하기로 했다. 그는 세무서장으로 만족하고 있을까? 아마 만족하고 있을 게다. 그는 무진에 어울리는 사람이다. 아니, 나는 다시 고쳐 생각하기로 했다. 어떤 사람을 잘 안다는 것—잘 아는 체한다는 것이 그 어떤 사람의 입장에서 보면 무척 불행한 일이다. 우리가 비난할 수 있고 적어도 평가하려고 드는 것은 우리가 알고 있는 사람에 한하는 것이기 때문이다.

조는 러닝셔츠 바람으로, 바지는 무릎 위까지 걷어붙이고 부채를 부치고 있었다. 나는 그가 초라해 보였고 그러나 그가 흰 커버를 씌운 회전의자 위에 앉아 있는 것을 자랑스러워하는 듯한 몸짓을 해 보일 때는 그가 가엾게 생각되었다. "바쁘지 않나?" 내가 물었다. "나야 뭐 하는 일이 있어야지. 높은 자리라는 건 책임진다는 말만 중얼거리고 있으면 되는 모양이지." 그러나 그는 결코 한가하지 않았다. 여러 사람들이 드나들면서 서류에 조의 도장을

appealed to me, I wouldn't want to live here. I'd keep at him to run away from here."

"At the same time, in my experience, life in Seoul isn't all sunshine, you know. Responsibility, it's all responsibility."

"Yes, but this is a place where there is neither responsibility nor irresponsibility. Anyway, I want to go to Seoul. Will you take me?"

"I'll have to think about it."

"Without fail? Yes?"

All I could do was laugh. We arrived at the front of her house.

"What do you plan to do tomorrow?" she asked.

"I don't know for sure. In the morning I have to go and visit my mother's grave, and after that I don't have anything to do. I'm half thinking of going down to the shore. There's a house there where once I had a room, and I could say hello to the people there while I'm at it."

"Go there in the afternoon."

"Why?"

"I want to go with you. Tomorrow's Saturday and I only have class in the morning."

"Let's do that, then."

After agreeing on a place and a time to meet the

받아 갔고 더 많은 서류들이 그의 미결함에 쌓여졌다. "월말에다가 토요일이 되어서 좀 바쁘다." 그는 말했다. 그러나 그의 얼굴은 그 바쁜 것을 자랑스럽게 여기고 있었다. 바쁘다. 자랑스러워 할 틈도 없이 바쁘다. 그것은 서울에서의 나였다. 그만큼 여기는 생활한다는 것에 서투를 수 있다고나 할까? 바쁘다는 것도 서투르게 바빴다. 그리고 그때 나는, 사람이 자기가 하는 일에 서투르다는 것은, 그것이 무슨 일이든지 설령 도둑질이라고 할지라도 서투르다는 것은 보기에 딱하고 보는 사람을 신경질 나게 한다고 생각하였다. 미끈하게 일을 처리해 버린다는 건 우선 우리를 안심시켜 준다. "참, 엊저녁, 하 선생이란 여자는 네 색싯감이냐?" 내가 물었다. "색싯감?" 그는 높은 소리로 웃었다. "내 색싯감이 그 정도로밖에 안 보이냐?" 그가 말했다. "그 정도가 뭐 어때서?" "야, 이 약아빠진 놈아, 넌 빽 좋고 돈 많은 과부를 물어 놓고 기껏 내가 어디서 굴러 온 줄도 모르는 말라빠진 음악 선생이나 차지하고 있으면 맘이 시원하겠다는 거냐?" 말하고 나서 그는 유쾌해 죽겠다는 듯이 웃어대었다. "너만큼만 사는 정도라면 여자가 거지라도 괜찮지 않아?" 내가 말했다. "그래도 그게 아닙니다. 내 편에 나를 끌어 줄 사람이 없으면 처가

next day, we parted. I fell into a strange melancholy and trudged back to my aunt's house.

The curfew siren sounded just as I was getting in beneath the covers. It was an unexpectedly noisy sound, a long drawn-out sound. All things, all thoughts were swallowed up in that siren. Finally, everything in this world dissolved into nothingness. Only the siren remained in the world. Eventually, it seemed as if this sound would go on so long that I would not be able to feel it any longer. Then the siren lost its power, was cut off; one long drawn-out moan and it was gone. My thoughts came back to life again. I tried to think again of the conversation which In-suk and I had been exchanging until a while ago. It seemed that we had talked of many things. But only a few items of our conversation remained in my ear. After a little while, during which time the things we talked about move from my ear to my brain, and from my brain to my heart, maybe a few more things will disappear. Really, for all I know, maybe they will all disappear eventually. Let's think this over slowly. She said she wanted to go to Seoul. She said this in a piteous voice. I was suddenly seized by an impulse to take this woman in my arms, and... no, that impulse was the only

편에서라도 누가 있어야 하는 거야." 그가 대답했다. 그의 말투로는 우리는 공모자였다. "야, 세상 우습더라. 내가 고시에 패스하자마자 중매가 막 들어오는데…… 그런데 그게 모두 형편없는 것들이거든. 도대체 여자들이 성기 하나를 밑천으로 해서 시집가 보겠다는 고 배짱들이 괘씸하단 말야." "그럼 그 여선생도 그런 여자 중의 하나인가?" "아주 대표적인 여자지. 어떻게나 쫓아다니는지 귀찮아 죽겠다." "퍽 똑똑한 여자일 것 같던데." "똑똑하기야 하지. 그렇지만 뒷조사를 해 보았더니 집안이 너무 허술해. 그 여자가 여기서 죽는다고 해도 고향에서 그 여자를 데리러 올 사람 하나 변변한 게 없거든." 나는 그 여자를 어서 만나 보고 싶었다. 나는 그 여자가 지금 어디서 죽어 가고 있는 것처럼 생각되었다. 어서 가서 만나 보고 싶었다. "속도 모르는 박 군은 그 여자를 좋아한대." 그가 말하면서 빙긋 웃었다. "박 군이?" 나는 놀라는 체했다. "그 여자에게 편지를 보내어 호소를 하는데 그 여자가 모두 내게 보여 주거든. 박 군은 내게 연애편지를 쓰는 셈이지." 나는 그 여자를 만나 보고 싶은 생각이 싹 가셨다. 그러나 잠시 후엔 그 여자를 어서 만나 보고 싶다는 생각이 되살아났다. "지난봄엔 그 여잘 데리고 절엘 한번 갔었지.

thing that could remain in my heart. And even that could be erased from my heart once I leave Mujin. I couldn't sleep. The afternoon nap was part of it. I smoked a cigarette in the dark. I glared at the white clothes hanging on the wall; they were looking down at me like gloomy ghosts. I knocked the ash off my cigarette in a place near my head, thinking anywhere I could clean with a cloth in the morning would be ok. I could hear faintly the sound of the frogs "that cry after midnight." I heard a clock somewhere softly ringing one o'clock. I heard a clock ringing two o'clock. I heard a clock ringing three o'clock. I heard a clock ringing four o'clock. A little later, the siren screamed for the end of curfew. Either the siren or the clock was inaccurate. All thoughts were swallowed up in that siren. Finally, everything in this world dissolved into nothingness. Only the siren remained. Eventually, it seemed as if the siren would go on so long that I would not be able to feel it any longer, Then suddenly the siren lost its power, was cut off; one long drawn-out moan and it was gone. Somewhere, husband and wife would be making love. No, not husband and wife, but a prostitute and her guest. I couldn't understand why I was thinking such strange

어떻게 해보려고 했는데 요 영리한 게 결혼하기 전까지는 절대로 안 된다는 거야." "그래서?" "무안만 당하고 말았지." 나는 그 여자에게 감사했다. 시간이 됐을 때 나는 그 여자와 만나기로 한, 읍내에서 좀 떨어진, 바다로 뻗어 나가고 있는 방죽으로 갔다. 노란 파라솔 하나가 멀리 보였다. 그것이 그 여자였다. 우리는 구름이 낀 하늘 밑을 나란히 걸어갔다. "저 오늘 박 선생님께 선생님에 관해서 여러 가지 물어봤어요." "그래요?" "무얼 제일 중요하게 물어보았을 것 같아요?" 나는 전연 짐작할 수가 없었다. 그 여자는 잠시 동안 키득키득 웃었다. 그리고 말했다. "선생님의 혈액형을 물어봤어요." "내 혈액형을요?" "전 혈액형에 대해서 이상한 믿음을 가지고 있어요. 사람들이 꼭 자기의 혈액형이 나타내 주는—그, 생물책에 씌어 있지 않아요?—꼭 그 성격대로이기만 했으면 좋겠어요. 그럼 세상엔 손가락으로 꼽을 정도의 성격밖에 없을 게 아니에요?" "그게 어디 믿음입니까? 희망이지." "전 제가 바라는 것은 그대로 믿어 버리는 성격이에요." "그건 무슨 혈액형입니까?" "바보라는 이름의 혈액형이에요." 우리는 후텁지근한 공기 속에서 괴롭게 웃었다. 나는 그 여자의 프로필을 훔쳐보았다. 그 여자는 이제 웃음을 그치고 입을 꾹

thoughts. A little later I fell quietly asleep.

## A Long Causeway into the Sea

There was a misting rain falling that morning. Before breakfast, umbrella raised, I visited my mother's grave which was on a hill near the town. Exposed to the rain and with my trousers rolled up above my knees, I approached the tomb, fell down and bowed. The rain made me an extraordinarily dutiful son. With one hand I pulled the long grass from the top of the grave. As I pulled the grass, I pictured to myself my old father-in-law, smiling a broad smile, going round to all the people connected with electing a managing director—all to make me managing director. And immediately I wanted to go into the tomb myself.

On the way back, I decided to walk the pretty, grass-covered causeway road, even though it was much longer. The misty rain flew whitely in the breeze; the landscape waved with the rain. I folded up the umbrella. Walking along the causeway road, I saw students gathered at the foot of the causeway, squatting down in a grassy field along the water's edge, students who had come from town and from

다물고 그 커다란 눈으로 앞을 똑바로 응시하고 있었고 코끝에 땀이 맺혀 있었다. 그 여자는 어린아이처럼 나를 따라오고 있었다. 나는 나의 한 손으로 그 여자의 한 손을 잡았다. 그 여자는 놀라는 듯했다. 나는 얼른 손을 놓았다. 잠시 후에 나는 다시 손을 잡았다. 그 여자는 이번엔 놀라지 않았다. 우리가 잡고 있는 손바닥과 손바닥의 틈으로 희미한 바람이 새어 나가고 있었다. "무작정 서울에만 가면 어떻게 할 작정이오?" 내가 물었다. "이렇게 좋은 오빠가 있는데 어떻게 해 주겠지요." 여자는 나를 쳐다보며 방긋 웃었다. "신랑감이야 수두룩하긴 하지만…… 서울보다는 고향에 가 있는 게 낫지 않을까요?" "고향보다는 여기가 나아요." "그럼 여기 그대로 있는 게……." "아이, 선생님. 절 데리고 가시잖을 작정이시군요." 여자는 울상을 지으며 내 손을 뿌리쳤다. 사실 나는 나 자신을 알 수 없었다. 사실 나는 감상이나 연민으로써 세상을 향하고 서는 나이도 지난 것이다. 사실 나는 몇 시간 전에 조가 얘기했듯이 '빽이 좋고 돈 많은 과부'를 만난 것을, 반드시 바랐던 것은 아니지만 결과적으로는 잘되었다고 생각하고 있는 사람인 것이다. 나는 내게서 달아나 버렸던 여자에 대한 것과는 다른 사랑을 지금의 내 아내에 대하

far-away country places to attend school.

There were some older people among them; a policeman wearing rain gear was hunkered down on top of the causeway slope, smoking a cigarette and looking absentmindedly at some distant place; an old tongue-clicking woman left the ranks of the students and went off. I went down the slope of the causeway. As I passed by the policeman, I asked, "What's going on?"

"A suicide," the policeman replied.

"Who is it?"

"A girl from a wine-house in town. Come early summer, every year, a few of them always die."

"Is that so?"

"She was a rough and strong one. I never thought she'd die. She must not have been that different from others after all."

"I see."

I went down to the water's edge and mingled with the students. I couldn't see the face of the corpse because it was facing the water. Her hair was permed and her arms and legs were white and thick. She was wearing a light, bright-red sweater and a white skirt. It must have been cold this morning. Either that, or she must have really liked

여 갖고 있었다. 그러면서도 나는 구름이 끼어 있는 하늘 밑의 바다로 뻗은 방죽 위를 걸어가면서 다시 내 곁에 선 여자의 손을 잡았다. 나는 지금 우리가 찾아가고 있는 집에 대하여 여자에게 설명해 주었다. 어느 해, 나는 그 집에서 방 한 칸을 얻어들고 더러워진 나의 폐를 씻어 내고 있었다. 어머니도 세상을 떠나간 뒤였다. 이 바닷가에서 보낸 일 년. 그때 내가 쓴 모든 편지들 속에서 사람들은 '쓸쓸하다'라는 단어를 쉽게 발견할 수 있었다. 그 단어는 다소 천박하고 이제는 사람의 가슴을 호소해 오는 능력도 거의 상실해 버린 사어 같은 것이지만 그러나 그 무렵의 내게는 그 말밖에 써야 할 말이 없는 것처럼 생각되었었다. 아침의 백사장을 거니는 산보에서 느끼는 시간의 지루함과 낮잠에서 깨어나서 식은땀이 줄줄 흐르는 이마를 손바닥으로 닦으며 느끼는 허전함과 깊은 밤에 악몽으로부터 깨어나서 쿵쿵 소리를 내며 급하게 뛰고 있는 심장을 한 손으로 누르며 밤바다의 그 애처로운 울음소리에 귀를 기울이고 있을 때의 안타까움, 그런 것들이 굴 껍데기처럼 다닥다닥 붙어서 떨어질 줄 모르는 나의 생활을 나는 '쓸쓸하다'라는, 지금 생각하면 허깨비 같은 단어 하나로 대신 시켰던 것이다. 바다는 상상도 되지 않는 먼지

these clothes. White rubber shoes with a flower design were pillowing her head. At a little distance from her outstretched hand, there was a white handkerchief that must have been used to wrap something. Soaked by the rain, the white handkerchief didn't flutter at all, not even when the wind blew. Many students had waded into the stream in order to see the face of the corpse. They were standing in the water, facing my direction, their blue uniforms reflected upside down in the water, blue flags that were guarding the corpse. I turned towards the girl; a strange desire boiled in me. I left that place in a hurry.

"I don't know what she took, but I wonder, even now, perhaps something can be done," I said to the policeman.

"Cyanide powder is what those kinds of women take. They don't take a few sleeping pills, like in those vulgar, noisy plays. At least, we should be thankful for that."

I remembered the fantasy I had indulged in on the bus to Mujin, of making and selling a sleeping pill. The fresh brightness of the sun, and that amount of the coolness of the air which gives elasticity to the skin, and that amount of the smell and feel of salt

낀 도시에서, 바쁜 일과 중에, 무표정한 우편배달부가 던져 주고 간 나의 편지 속에서 '쓸쓸하다'라는 말을 보았을 때 그 편지를 받은 사람이 과연 무엇을 느끼거나 상상할 수 있었을까? 그 바닷가에서 그 편지를 내가 띄우고 도시에서 내가 그 편지를 받았다고 가정할 경우에도 내가 그 바닷가에서 그 단어에 걸어 보던 모든 것에 만족할 만큼 도시의 내가 바닷가의 나의 심경에 공명할 수 있었을 것인가? 아니 그것이 필요하기나 했었을까? 그러나 정확하게 말하자면, 그 무렵 편지를 쓰기 위해서 책상 앞으로 다가가고 있던 나도, 지금에 와서 내가 하고 있는 바와 같은 가정과 질문을 어렴풋이나마 하고 있었고 그 대답을 '아니다'로 생각하고 있었던 듯하다. 그러면서도 그는 그 속에 '쓸쓸하다'라는 단어가 씌어 있는 편지를 썼고 때로는 바다가 암청색으로 서투르게 그려진 엽서를 사방으로 띄웠다.

"세상에서 제일 먼저 편지를 쓴 사람은 어떤 사람이었을까요?" 내가 말했다. "아이, 편지, 정말 편지를 받는 것처럼 기쁜 일은 없어요. 정말 누구였을까요? 아마 선생님처럼 외로운 사람이었겠죠?" 여자의 손이 내 손안에서 꼼지락거렸다. 나는 그 손이 그렇게 말하고 있는 듯한 느낌

which is mixed in the sea breeze—if one could make a sleeping pill out of these three ingredients... But actually, I suppose this sleeping pill has been made already. Suddenly the thought occurred to me that, last night when I was tossing and turning unable to fall asleep, it was perhaps because I needed to watch over this woman's death? It seemed to me that, when the siren blew for the end of curfew, the woman took the poison, and only then did I fall quietly asleep. Suddenly I felt as if this woman was part of me. I felt as if she was a part of me that I must cherish, however painful it might be. I shook off the rain which had gathered on my folded umbrella and came back to the house. In the house there was a slip of paper waiting which Cho, the tax superintendent, had sent, "If you haven't anything to do, drop by the Tax Office."

The misty rain had stopped, but the sky was overcast. It seemed to me that I knew Cho's intention. He wanted to show himself off sitting in the superintendent's office. Well, maybe I'm just cynical and think like that. I decided to think it out differently, "I wonder if he is satisfied as superintendent of the Tax Office?" He probably is satisfied. He is a man who suits Mujin. No, I decided

이 들었다. “그리고 인숙이처럼.” 내가 말했다. “네.” 우리는 서로 고개를 돌려 마주보며 웃음 지었다.

우리는 우리가 찾아가는 집에 도착했다. 세월이 그 집과 그 집 사람들만은 피해서 지나갔던 모양이다. 주인들은 나를 옛날의 나로 대해 주었고 그러자 나는 옛날의 내가 되었다. 나는 가지고 온 선물을 내놓았고 그 집 주인 부부는 내가 들어 있던 방을 우리에게 제공해 주었다. 나는 그 방에서 여자의 조바심을, 마치 칼을 들고 달려드는 사람으로부터, 누군가 자기의 손에서 칼을 빼앗아 주지 않으면 상대편을 찌르고 말 듯한 절망을 느끼는 사람으로부터 칼을 빼앗듯이 그 여자의 조바심을 빼앗아 주었다. 그 여자는 처녀는 아니었다. 우리는 다시 방문을 열고 물결이 다소 거센 바다를 내다보며 오랫동안 말없이 누워 있었다. “서울에 가고 싶어요. 단지 그것뿐예요.” 한참 후에 여자가 말했다. 나는 손가락으로 여자의 볼 위에 의미 없는 도화를 그리고 있었다. “세상에 착한 사람이 있을까?” 나는 방으로 불어오는 해풍 때문에 불이 꺼져 버린 담배에 다시 불을 붙이며 말했다. “절 나무라는 거죠? 착하게 보아 주려는 마음이 없으면 아무도 착하지 않을 거예요.” 나는 우리가 불교도라고 생각했다. “선생님은 착

to think it out again. Saying that you know someone well, or pretending you know him well—if we look at it from that other person's point of view, it is extremely distressing. It is because we can criticize, or at least try to evaluate only those whom we know.

Cho was in a vest; his trousers rolled up above his knees, he was fanning himself. To me he cut a poor figure, but I felt sorry for him when he made one of his gestures of obvious pride, as he sat there on the white covered swivel chair.

"Are you not busy?" I asked.

"Me? With nothing to do! All a man in high position seems to have to do is mutter about having responsibility."

But he was by no means without work to do. Many people were coming in and out getting his seal on documents. There were even more documents heaped up under "undecided."

"At the end of the month and on Saturday, it's a little busy," he said.

But his face showed that he was proud of this busyness. But, being so busy that you haven't time to be proud of it; that was me in Seoul. Shall I say that a man's ineptitude can make him busy? His

한 분이세요?” “인숙이가 믿어 주는 한.” 나는 다시 한번 우리가 불교도라고 생각했다. 여자는 누운 채 내게 조금 더 다가왔다. “바닷가로 나가요, 네? 노래 불러 드릴게요.” 여자가 말했다. 그러나 우리는 일어나지 않았다. “바닷가로 나가요, 네? 방이 너무 더워요.” 우리는 일어나서 밖으로 나왔다. 우리는 백사장을 걸어서 인가가 보이지 않는 바닷가의 바위 위에 앉았다. 파도가 거품을 숨겨 가지고 와서 우리가 앉아 있는 바위 밑에 그것을 뿜어 놓았다. “선생님.” 여자가 나를 불렀다. 나는 여자 쪽으로 고개를 돌렸다. “자기 자신이 싫어지는 것을 경험하신 적이 있으세요?” 여자가 꾸민 명랑한 목소리로 물었다. 나는 기억을 헤쳐 보았다. 나는 고개를 끄덕이며 말했다. “언젠가 나와 함께 자던 친구가 다음 날 아침에 내가 코를 골면서 자더라는 것을 알려 주었을 때였지. 그땐 정말이지 살맛이 나지 않았어.” 나는 여자를 웃기기 위해서 그렇게 말했다. 그러나 여자는 웃지 않고 조용히 고개만 끄덕거렸다. 한참 후에 여자가 말했다. “선생님, 저 서울에 가고 싶지 않아요.” 나는 여자의 손을 달라고 하여 잡았다. 나는 그 손을 힘을 주어 쥐면서 말했다. “우리 서로 거짓말은 하지 말기로 해.” “거짓말이 아니에요.” 여자는 빙긋 웃으

very busyness is a busyness born of ineptitude. And this brought home to me that if a man is inept at what he is doing, no matter what it is, even stealing, I find this ineptitude pitiful; it gets on the nerves of whoever sees it. Getting through work with grace and expertise, above all, imparts a sense of security to everyone.

"By the way, that woman last night, Miss Ha, are you thinking of marrying her?"

"Marrying her!" He laughed out loud. "Does it look like that's the best I can do?" he said.

"What's wrong with someone like that?"

"Well, there's a smart aleck for you! You catch a widow with good backing and plenty of money for yourself, and I'm to be content, if the best I can get is a skinny music teacher, or the like, whom we don't even know from where she came, is that it?" And when he finished, he burst into jovial laughter, as if the whole idea was so funny that it was killing him.

"With someone who lives as well as you do, would it matter if the girl was a beggar?" I said.

"But that's not the point. If there's no one on my side to give me a push, then at least on my wife's side there has to be someone; that's the point," he

면서 말했다. "〈어떤 개인 날〉 불러 드릴게요." "그렇지만 오늘은 흐린걸." 나는 〈어떤 개인 날〉의 그 이별을 생각하며 말했다. 흐린 날엔 사람들은 헤어지지 말기로 하자. 손을 내밀고 그 손을 잡는 사람이 있으면 그 사람을 가까이 가까이 좀 더 가까이 끌어당겨 주기로 하자. 나는 그 여자에게 '사랑한다'고 말하고 싶었다. 그러나 '사랑한다'라는 그 국어의 어색함이 그렇게 말하고 싶은 나의 충동을 쫓아 버렸다.

우리가 바닷가에서 읍내로 돌아온 것은 저녁의 어둠이 밀려 든 뒤였다. 읍내에 들어오기 조금 전에 우리는 방죽 위에서 키스를 했다. "전 선생님께서 여기 계시는 일주일 동안만 멋있는 연애를 할 계획이니까 그렇게 알고 계세요." 헤어지면서 여자가 말했다. "그렇지만 내 힘이 더 세니까 별수 없이 내게 끌려서 서울까지 가게 될걸." 내가 말했다.

집으로 돌아와서 나는 후배인 박이 낮에 다녀간 것을 알았다. 그는 내가 '무진에 계시는 동안 심심하시지 않을까 하여 읽으시라'고 책 세 권을 두고 갔다. 그가 저녁에 다시 오겠다고 하더라는 얘기를 이모가 내게 했다. 나는 피로를 핑계로 아무도 만나기 싫다는 뜻을 이모에게 알려

replied.

He spoke as if we were accomplices.

"It's a funny world. No sooner had I passed the Higher Exam than the matchmakers began pouring in ... but all completely worthless things. My God, these women have a fantastic nerve; they make a sex organ their capital and they think that's all they need to get married."

"Well, is she one of those kinds of women?"

"Absolutely typical. I can't tell you what a nuisance she is, the way she runs after me."

"She seems like a really bright girl."

"She's bright, all right. But I looked into her background and her family is all just nobodies. She couldn't get a worthwhile man in her hometown, not if she was dying in Mujin."

I wanted to go and see her. I felt as if she was dying somewhere at that very moment.

"Pak, who doesn't know what fast is, likes her." Cho chuckled as he spoke.

"Pak?" I pretended to be surprised.

"He sends letters to her, confessing his love, and she shows them all to me. It works out that he's writing love letters to me."

The desire to see this woman vanished right away.

두었다. 이모는 내가 바닷가에서 아직 돌아오지 않았다고 대답하겠다고 말했다. 나는 아무것도 생각하고 싶지 않았다, 아무것도. 나는 이모에게 소주를 사 오게 하여 취해서 잠이 들 때까지 마셨다. 새벽녘에 잠깐 잠이 깨었다. 나는 이유를 집어낼 수 없이 가슴이 두근거렸는데 그것은 불안이었다. "인숙이" 하고 나는 중얼거려 보았다. 그리고 곧 다시 잠이 들어 버렸다.

## 당신은 무진을 떠나고 있습니다

나는 이모가 나를 흔들어 깨워서 눈을 떴다. 늦은 아침이었다. 이모는 전보 한 통을 내게 건네주었다. 엎드려 누운 채 나는 전보를 펴 보았다. '27일회의참석필요, 급상경바람 영.'

'27일'은 모레였고 '영'은 아내였다. 나는 아프도록 쑤시는 이마를 베개에 대었다. 나는 숨을 거칠게 쉬고 있었다. 나는 내 호흡을 진정시키려고 했다. 아내의 전보가 무진에 와서 내가 한 모든 행동과 사고를 내게 점점 명료하게 드러내 보여 주었다. 모든 것이 선입관 때문이었다. 결국 아내의 전보는 그렇게 얘기하고 있었다. 나는 아니라고

But, a little later, the desire came back again.

"Once, last spring, I took her to a temple. I had a try, but—smart thing that she is—she said it was out of the question before marriage."

"So?"

"So, I was humiliated."

I was grateful to her.

When the time came, I went to the causeway that stretched out into the sea, a little way from town, where we had agreed to meet. I could see a yellow parasol in the distance. It was her. We walked side by side beneath the cloud veiled sky.

"I asked Mr. Pak all sorts of things about you today."

"Is that so?"

"What do you think I was most interested in?"

I couldn't guess for the life of me. She chuckled for a moment. Then she said, "I asked about your blood type."

"My blood type."

"I have a strange belief about blood types. The character that a person's blood type reveals... isn't it written in biology books?... I wish people were always just like that. Then, there wouldn't be any more kinds of characters in the world than you can

고개를 저었다. 모든 것이, 흔히 여행자에게 주어지는 그 자유 때문이라고 아내의 전보는 말하고 있었다. 나는 아니라고 고개를 저었다. 모든 것이 세월에 의하여 내 마음 속에서 잊힐 수 있다고 전보는 말하고 있었다. 그러나 상처가 남는다고, 나는 고개를 저었다. 오랫동안 우리는 다투었다. 그래서 전보와 나는 타협안을 만들었다. 한 번만, 마지막으로 한 번만 이 무진을, 안개를, 외롭게 미쳐 가는 것을, 유행가를, 술집 여자의 자살을, 배반을, 무책임을 긍정하기로 하자. 마지막으로 한 번만이다. 꼭 한 번만, 그리고 나는 내게 주어진 한정된 책임 속에서만 살기로 약속한다. 전보여, 새끼손가락을 내밀어라. 나는 거기에 내 새끼손가락을 걸어서 약속한다. 우리는 약속했다.

그러나 나는 돌아서서 전보의 눈을 피하여 편지를 썼다.

'갑자기 떠나게 되었습니다. 찾아가서 말로써 오늘 제가 먼저 가는 것을 알리고 싶었습니다만 대화란 항상 의외의 방향으로 나가 버리기를 좋아하기 때문에 이렇게 글로써 알리는 것입니다. 간단히 쓰겠습니다. 사랑하고 있습니다. 왜냐하면 당신은 저 자신이기 때문에 적어도 제가 어렴풋이나마 사랑하고 있는 옛날의 저의 모습이기 때문입니다. 저는 옛날의 저를 오늘의 저로 끌어다 놓기 위하여 갖은

count on your fingers, would there?"

"How is that a belief? It's a hope, that's what it is."

"What I want is character you can trust."

"What blood type is that?"

"A blood type called 'fool.'"

We laughed distressedly in the sultry air. I stole a glance at her profile. She gazed ahead with those big eyes of hers, her lips closed tight, a bead of perspiration forming on the end of her nose. She was following me like a child. I took her hand in mine. She seemed surprised. I released her hand quickly. A little later I took her hand again. This time she showed no surprise. There was a faint breeze seeping between our clasped palms.

"What are you going to do in Seoul, if you just go without any plan?" I asked.

"With a brother as good as you, you'll think of something." She looked intently at me and smiled.

"As far as men to marry is concerned, there are plenty of them, but... wouldn't you be better off back home than in Seoul?"

"It is better here than home."

"Well then, just staying on here..."

"Oh, you don't intend to take me, I see."

She was near tears and she flung off my hand. The

노력을 다하였듯이 당신을 햇볕 속으로 끌어 놓기 위하여 있는 힘을 다할 작정입니다. 저를 믿어 주십시오. 그리고 서울에서 준비가 되는 대로 소식 드리면 당신은 무진을 떠나서 제게 와 주십시오. 우리는 아마 행복할 수 있을 것입니다.' 쓰고 나서 나는 그 편지를 읽어 봤다. 또 한번 읽어 봤다. 그리고 찢어 버렸다.

덜컹거리며 달리는 버스 속에서 나는 어디쯤에선가 길가에 세워진 하얀 팻말을 보았다. 거기에는 선명한 검은 글씨로 '당신은 무진읍을 떠나고 있습니다. 안녕히 가십시오'라고 씌어 있었다. 나는 심한 부끄러움을 느꼈다.

『무진기행』, 문학동네, 2004(1964)

truth was I didn't know what I thought myself. The truth was that the age for standing and facing the world with sentiment and compassion had passed for me. The truth was, as Cho pointed out a few hours ago, I was a man who had met a widow with good backing and plenty of money, and even if this wasn't something which I had fully looked for, it seemed to me that things had worked out well, when I considered the outcome.

The love I had for my present wife was something different to the love I had for the woman who left me. Nonetheless, as I walked on the causeway stretching out into the sea beneath the cloud-veiled sky, I took the hand of the woman standing beside me once again. I told her about the house we were going to visit. One year, I had got myself a small room in that house. I was trying to clear up my soiled lungs. It was after my mother left this world. A year that I spent at this seashore; one could easily find the word "forlorn" in all the letters I wrote at the time.

And although this word is to some extent superficial, a dead word which has lost almost all its power to move the human heart, to me at that time, it was as if there was nothing else which I felt compelled to write. The boredom of the hours felt in morning strolls on the white sands; the emptiness I felt when I woke from a nap and wiped the cold, dripping sweat from my forehead with the palm of my hand; the distress of waking deep in the night from a nightmare with a startled cry, one hand controlling my pounding heart, as I listened to the plaintive cry of the night sea; things like these, things which did not know how to detach themselves from my life, stuck fast like clusters of oyster shells, these are the things I expressed by this one word, "forlorn." When I think of it now, it was an intangible, ghost like word. In the dust veiled city where one cannot even imagine the sea, when an expressionless postman threw down my letter and left, and when the receiver, in the middle of a daily routine, saw the word "forlorn" in my letter—I wonder what he could have felt or imagined? Suppose that I sent the letter, and suppose that I myself received it in the city, would the "city me" be in sympathetic accord with the state of mind of the "sea me"? Would the "city me" be in complete harmony with everything I attached to that word at the seaside. But to be exact about this, when the "me" of that time approached his desk to write a letter, he was making the same suppositions, asking the same questions, though admittedly rather more vaguely, that I am asking now. It seems to me that he—the "me" of that time—considered the answer to be "no." And yet, he wrote letters with the word "forlorn" in them, and sometimes he sent postcards all over the country, upon which a dark blue sea was hastily painted.

"I wonder what kind of man wrote the first letter in the world?" I asked.

"Yes. A letter. There's really nothing so good as receiving a letter. Yes, indeed, I wonder who he was? Probably a lonely man like yourself, don't you think?"

Her hand wriggled in mine. I felt as if her hand was speaking to me like that.

"And like In-suk, too," I said.

"Yes." We turned our heads, looked at each other and laughed.

We arrived at the house we were looking for. Time seemed to have passed without touching that house or the people who lived in it. The owners treated me as they used to treat me; whereupon I became the old me again. I gave out the presents I had brought with me, and they offered us the room in which I used to stay. I took away her impatient distress in that room. It was like disarming someone who is rushing at you with a knife, as if she was in despair that she would stab the other person, if someone did not take the knife from her hand. She wasn't a virgin. We opened the door of the room and just lay there for a long time, without saying anything, looking down on the sea which had roughened up a little.

After some time she spoke, "I want to go to Seoul. Just that, nothing else." I was tracing a meaningless picture on her cheek with my finger.

"Do you think that there are good people in the world?" The sea breeze blowing into the room had put my cigarette out, and I was lighting it again as I spoke.

"You are scolding me, aren't you? If you don't try to see people as good, then there just won't be any good people, will there?"

We are Buddhists, I thought.

"Are you a good man?"

"As good as In-suk believes me to be."

Again I thought, we are Buddhists. She came nearer to me, still lying down.

"Let's go down to the sea, Yes? I'll sing for you,"

she said. But we didn't get up.

"Let's go down to the sea. Yes? The room is too hot."

We got up and went outside. We walked along the beach and sat on a rock from where the houses could not be seen. The waves concealed their foam, came in, and spilled the foam out again at the foot of the rock on which we were sitting. She began to speak to me again. I turned my head towards her.

"Have you ever had the experience of becoming distasteful to yourself?" She asked in a voice of pretended gaiety. I searched around in my memory. I nodded my head and said, "I have a friend. Once we slept in the same room, and the next morning when he told me that I snored in my sleep, I felt like that. It really took the spice out of life."

I said this to make her laugh. But she didn't laugh; she just quietly nodded her head. She spoke again in a little while. "I don't want to go to Seoul."

I asked for her hand and took it in mine. I pressed her hand as I spoke.

"Let's agree not to lie to each other."

"It's not a lie." She smiled as she spoke. "I'll sing 'One Fine Day' for you."

"But today is overcast." I was thinking of the

separation in "One Fine Day" as I spoke. People should never part on an overcast day. If there is someone to take one's outstretched hand, one should pull that person nearer and nearer and even nearer. I wanted to say "I love you" to her. But there is an embarrassing awkwardness in the word itself which destroyed my impulse to say it.

It was after the evening darkness descended completely when we came back to town from the seashore. A little before we came into town, on the causeway, we kissed.

"All I want is to experience a beautiful love during your stay here. I want you to understand this," she said, as we parted.

"Yes, but I'm stronger. You'll be drawn to me despite yourself and you'll end up going to Seoul," I said.

When I got back to the house, I found that Pak had been there during the day. He had left three books, saying that I might like to read them if time was heavy on my hand in Mujin. My aunt told me that he said he would come back again in the evening. I made the excuse that I was tired. I told my aunt that I didn't want to see anyone. My aunt said she would say I hadn't returned yet from the sea. I didn't want to think about anything. I got my aunt to buy me some *soju* and I drank it till I fell asleep drunk. I awoke for a moment around daybreak. My heart was pounding for no reason. I murmured 'In-suk.' And immediately I fell asleep again.

## You Are Leaving Mujin

My aunt shook me. I awoke and opened my eyes. My aunt handed me a telegram. I lay flat as I was and opened the telegram. "Meeting 27th attendance necessary return immediately Seoul. Yŏng." The 27th was tomorrow; Yŏng was my wife. I rested my forehead on the pillow; it was throbbing enough to make me sick. My breathing was harsh. I tried to control my breathing. My wife's telegram revealed in a gradually clearer light everything I had done since my arrival at Mujin. Everything was done according to a preconceived idea. In the last analysis this is what my wife's telegram was saying. I shook my head, no. My wife's telegram was saying that it was all because of the freedom that commonly comes a traveler's way. Not so, I shook my head. In time the mind can forget everything, the telegram was saying. But the wounds remain, I shook my head. We wrangled for a long time. As a result, the telegram and I worked out a compromise. Just once, just one last time, let us agree to affirm the reality of this Mujin—the fog, the lonely path to madness, popular songs, the suicide of a wine-house girl, betrayal, and irresponsibility. Just one last time. Then, I'll promise to live within the limits of the responsibility which has fallen to me.

Telegram, put out your little finger. We will cross our fingers and agree. We made the agreement, but I turned my back on the telegram, avoiding its eyes, and wrote a letter.

"I have to leave suddenly. I wanted to go and tell you myself that I must leave today, but conversation always seems to go off in unexpected directions with me, and so I am writing to you. I will be brief. I am in love with you. The reason is because you are a part of me; you are the image of a "me" of long ago whom I love, at least in some vague way. Just as I did everything in my power to pull the "me" of today out of the "me" of the past, so I intend to do everything in my power to pull you into the sunlight. Please believe me. As soon as things are ready in Seoul and I send you word, you must leave Mujin and come to me. I think we will be happy together." When I had written the letter I read it through. I read it through once more. Then I tore it up.

Somewhere along the way, sitting in the rattling, speeding bus, I saw a white sign standing at the side of the road. "You are Leaving Mujin, Goodbye" was written on it in clear black letters. I felt an intense shame.

Translated by Kevin O'Rourke

# 해설

# Afterword

# 영원한 청년 작가의 초상

정은경 (문학평론가)

김승옥은 60년대 한국 문학을 대표하는 작가이다. 한국의 60년대는 식민지 이후 해방, 한국전쟁, 분단, 정권 부패, 혁명, 쿠데타로 이어지면서 사회 혼란이 극단으로 치달았던 때이다. 특히 김승옥이 작품 활동을 시작했을 무렵에는 학생들의 주도로 불붙었던 혁명의 열기가 군사 쿠데타에 의해 무참히 짓밟히면서 사회 분위기는 혁명의 여운과 공포와 불안, 좌절감으로 뒤범벅되어 있었다. 「무진기행」(1964)을 쓸 무렵 대학생이었던 김승옥은, 이러한 변동과 혼란의 사회적 엔트로피를 '개인 심리'로 전화시켜 청년 특유의 청신한 감각과 예민한 감수성으로 그려 냈다.

「무진기행」은 주인공 윤희중이 서울에서 고향 무진을

# A Portrait of a Writer Forever Young

Jung Eun-kyoung (literary critic)

Kim Seung-ok is a writer who represents the best of 1960s South Korean literature. In the 60s, social chaos reached a peak in South Korea, after the Japanese colonialist period was followed by a succession of momentous historical developments, such as liberation, the Korean War, partition, political corruption, democratic revolution, and a coup d'état. By the time Kim Seung-ok emerged as a writer, the revolutionary wildfire ignited by the student movement had been mercilessly trampled by a military coup d'état, leaving society reeling in a disorienting jumble of the echoes of revolution, terror, anxiety, and frustration. Kim Seung-ok, who

찾았다가 떠나는 짧은 여정을 그린 작품이다. 그가 고향 무진을 찾은 이유는, 제약회사의 전무 승진을 위해 벌어질 수 있는 '복잡한 과정'을 슬그머니 피하기 위해서이다. '빽 좋고 돈이 많은 과부'인 그의 아내와 회사 사장인 장인이 그를 위해 꾸미려는 일들은 '정의'와 '합리성'과는 전혀 관계없는 것들로 암시된다. 그러니까 서울에서의 '윤희중'은 부패와 부정, 음모로 이루어진 세속적인 삶과 세상살이에 복종하며 사는, 그렇고 그런 속물 중에 하나인 것이다.

'무진'에 들어서면서 윤희중은 "햇빛의 신선한 밝음과 살갗에 탄력을 주는 정도의 공기의 저온 그리고 해풍에 섞여 있는 정도의 소금기"를 합성해서 만든 수면제를 상상하면서, 반수면상태에 빠진다. '무진'은 그러니까 윤희중의 일종의 꿈의 세계라 할 수 있는데, 그러나 그것은 아름답고 환한 밝음의 세계가 아니라 '서울의 일상'에서 잊고 있거나 억압당했던 어지러운 욕망의 세계이다. 그는 이 욕망의 세계에서 세 사람을 만난다. 모교에서 착실하게 국어 선생을 하고 있는 후배 박, 고등고시를 패스하고 세무서장을 하고 있는 동창 조, 음악 선생 하인숙이다. 이들은 각각 착하고 순수한 문학청년, 출세주의에 물든 속물, 〈어떤 개인 날〉로 상징되는 화려한 세계로 날아가고

was a college student when he wrote "Record of a Journey to Mujin" (1964), portrayed the social entropy resulting from these shifts and confusion by way of "individual psychology" and with his youthful freshness and sharp sensibility.

"Record of a Journey to Mujin" describes a brief journey that Yun Hŭi-jung, the protagonist, makes from Seoul to his hometown of Mujin and back. He decides to visit Mujin in order to avoid a potentially "uncomfortable situation":the pharmaceutical company he works for is looking to promote someone to an executive position. The story suggests that what is about to be conspired between the "well-connected and well-healed widow" whom he has married and his father-in-law who is also the CEO of the company has nothing to do with "justice" or "reason." In other words, in Seoul, Yun Hŭi-jung is just another common snob who bows down to the worldly life of corruption, injustice, and treachery.

Entering Mujin Yun Hŭi-jung falls half-asleep while imagining a sleeping pill that synthesizes "the fresh brightness of sunshine, that amount of coolness in the air which gives elasticity to the skin, and that amount of the smell and feel of salt which

싶은 낭만적 욕망에 사로잡힌 청춘을 상징하지만, 이들 모두는 윤희중의 복잡한 내면을 조금씩 반영하고 있다. 특히, 답답한 무진을 탈출하고 싶어 하는 하인숙은, 순수와 속물 사이에 낀 '어정쩡한' 윤희중에게 자신의 젊은 시절을 떠올리게 함으로써, 이 둘은 급격히 가까워져 관계를 갖는다. 하인숙은 처음에는 윤희중에게 서울로 데려가기를 바라는 마음으로 그에게 접근하지만, 나중에는 자신의 마음이 사랑에 가깝다는 것을 깨닫고 대가없이 그를 사랑하기로 마음먹는다. 그러나 처음부터 하인숙에게 순수하게 끌렸던 윤희중은 갑작스럽게 아내로부터 상경하라는 전보를 받고, 망설이다가 끝내 무진에서의 그녀와의 정사를 한낱 무책임한 '일탈'로 돌려 버린다.

'무진'은 한국의 실제 지명이 아니다. 작가의 고향이자 남쪽 바다에 면한 소도시 순천이 '항구도시라고 할 수도 없고 농촌이라고 할 수 없는' 무진의 모델이 되었겠지만, 이 실제성은 중요하지 않다. 「무진기행」에서 '무진'은 주인공의 무의식, 유년, 청춘, 꿈, 죽음, 자아 등으로 상징되는 심리적 공간이기 때문이다. 그리고 이 공간을 특징짓는 것은 '안개'이다. '무진(霧津)'에서 '무'라는 한자는 안개라는 뜻이고 '나루터'라는 의미의 '진'은 지명 끝에 흔히

is mixed in the sea breeze." In a sense, for Yun, Mujin represents a sort of dream world, though it's not a beautiful, sunny world of light but a place of dizzying desires either forgotten or repressed amid the "daily routines of Seoul." He meets three people in this world of desires. Pak, younger than Yun, who teaches Korean at their alma mater; Cho, from the same graduating class as Yun, who passed the higher Civil Service Examination and he is now superintendent of the Tax office; and Ha In-suk, a local music teacher. They are, respectively, a kind and innocent aspiring young writer, a snob who has embraced careerism, and a youth caught up in her romantic desire to fly to a glamorous world represented by "One Fine Day," but they all reflect at least some part of Yun's complex interiority as well. Ha In-suk, in particular, who longs to escape from stifling Mujin, reminds Yun, who is awkwardly suspended between the pure and the snobbish, of his own youth. The two immediately become closer and end up having an affair. Ha approaches Yun hoping that he will take her to Seoul, but later recognizes her own feelings for him as love and chooses to love him without expecting any reward. By contrast, Yun had no hidden agenda when he

붙는 접미사이다. 안개는 사물의 경계를 지운다. 안개는 전경을 가려 버림으로써 인간, 사물을 낱낱의 개별자로 고립시켜 버린다. 그 고립된 공간에서 시간은 무화되고, 일상은 비틀어지며, 온갖 욕망들이 '미친 여자'처럼 날뛴다. 「무진기행」의 '미친 여자의 비명'과 '술집 여자의 죽음', '불면'으로 가득한 것은 윤희중의 무의식에 도사리고 있는 치명적 욕망, 불안을 암시하기 때문이다. 또한 짙은 안개 속에 인물들은 저마다의 개성을 잃고 모호해진다. 무진에서는 누구나 "타인은 모두 속물들이라고" 생각하지만, 사실 '나'와 '타자'의 경계는 지워지고 서로 오염되듯 속물성을 나눠 갖는다. 조와 나, 박 선생, 하인숙은 모두 각자이면서 동시에 비슷한 속성을 공유하는, 무진의 안개 같은 존재들인 것이다.

특히 주인공 윤희중에게 "아무 부끄럼 없이, 거침없이" 하게 하는 무진이란, "어느 아득한 장소"로서 그의 어둡던 청년의 거처이기도 하다. '무진'은 그에게 골방에 숨어 의용군의 징발도, 국군의 징병도 모두 기피해 버리고, 수음과 자학으로 시간을 보냈던 참혹한 젊은 시절을 떠올리게 한다. 윤희중이 하인숙, 광주역의 미친 여자, 죽은 여자에게 발견한 것은 바로 자신의 청춘의 초상이다. 결국, 그가

was attracted to Ha, though, when he receives his wife's wire asking him to return to Seoul, he comes to the conclusion, albeit hesitantly, that his affair with Ha was nothing more than an irresponsible "deviation."

"Mujin" refers to no actual geographical place in Korea. Even if Suncheon, a small town on the southern coast that happens to be the author's hometown, is likely to have been the model for Mujin as a place hard to categorize as either a port city or a farming village, its factuality is irrelevant. Mujin in "Record of a Journey to Mujin" serves as a psychological space constituted by the unconscious, childhood, youth, dreams, death, and ego of the protagonist. What makes this space distinctive is the fog. The chinese character 'mu' in "Mujin" means fog; 'jin', the common suffix for geographical nouns, denotes a ferry dock. Fog erases boundaries between objects. It blocks the view, effectively isolating human beings and objects, as well as the mountains that form a backdrop, from each other. In that disconnected space, time loses its meaning, daily routines are distorted, and a whole panoply of desires run wild like a "crazed woman." "Record of a Journey to Mujin" is riddled with signs, such as

서울로 달아나면서 "심한 부끄러움을 느끼는 것"은, 하인숙과의 인연을 일상의 윤리와 책임과는 무관한 '광기와 일탈'의 세계의 것으로 봉합시켜 버렸기 때문이다.

정치체제가 붕괴되고, 군사정권이 들어서고 개발독재라는 이름으로 급속한 산업화가 이루어지던 60년대 상황에서 김승옥의 인물들이 포착한 '청춘의 불안한 줄타기'는 무질서한 당대 사회의 혼탁함에 맞서는 60년대 청년의 자의식의 표출이면서, 한편 억압적인 사회에 의해 좌절된 청춘의 꿈과 일그러진 개인의 모습을 의미하기도 한다. 김승옥의 「무진기행」은 일종의 성장소설이기도 하며 또한 동시에 관습화되어 가는 일상인들에게 유폐된 우리들의 청춘을 가장 가슴 아프게 들이미는 청년의 영원한 초상이다.

the "screams of a crazy woman," the "death of a bar hostess" and "insomnia," suggesting the fatal desire and anxiety coiled tightly beneath Yun Hŭi-jung's conscious-ness. Also, in the heavy fog, the characters lose their individuality and become ambiguous. In Mujin, everyone considers "the others" to be "snobs" but the lines between them do not exist in reality and they share snobbery like an infectious disease. Cho, the protagonist, Mr. Pak, and Miss Ha are all separate individuals, but at the same time share common traits, like beings shrouded in the heavy fog of Mujin.

For Yun Hŭi-jung, the Mujin that sets him free "with no shame, or inhibition" is "a place in the twilight," a haven from the days of his bleak youth. Mujin brings back to him the devastating period that he spent hiding in a closet to escape being drafted by both the communist volunteer army and the South Korean military, indulging in masturbation and masochism. What Yun recognizes in Ha, the mad woman at the Kwangju train station, and the dead bar hostess is none other than his younger self. Eventually, he runs away back to Seoul, feeling "deeply ashamed" because he has concluded his fated relationship with Ha In-suk as something belonging to the world of madness and deviation, the world devoid of everyday morality and responsibility.

In the historical context of the 60s, when legitimate political structure was destroyed, a military regime seized power, and an accelerated process of industrialization was imposed upon the people in the name of developmental dictatorship, the anxious tight-rope walking that Kim captures through his youthful characters expresses the self-consciousness of young people responding to the chaotic murkiness of the time while simultaneously describing how youthful dreams were frustrated and individual lives distorted by an oppressive society. "Record of a Journey to Mujin" by Kim Seung-ok is in a sense a coming-of-age story. It is also a timeless portrayal of youth in exile that penetrates the callous hearts of ordinary men and women.

# 비평의 목소리

## Critical Acclaim

김승옥의 작품은 지적 속물근성이나 위선의 독자에게 조소를 퍼부으면서 문학 전문인의 머릿속에만 있던 '가능성'의 육체를 아름답게 보여 주고 있다. 그의 작품에 대한 일치된 반응은 그 결합을 통해서 인간이 위대한 순간을 마련할 수 있고 고양된 시간을 호흡할 수 있었던 인간 상호간의 공감이 이 심리적 고립과 소외의 시대에도 건강하게 남아 있다는 것을 우리에게 실감시켜 주었다. 평범한 일상의 저변에서 경이를 조성하면서 환상과 현실을 희한하게 조화시키는 허구 조성 능력, 기지가 번뜩이는 분석력, 만화경같이 다채로운 의식의 요술도 결국은 그의 참신한 언어 재능에 의존하고 있으며 새로운 감수성이란 요

In his work, Kim Seung-ok tears down the intellectual snobbery or hypocrisy the reader may harbor while conjuring up the beautiful body that once existed as a possibility only in the minds of professional writers. The consistency of reactions to his work affirms that, even in these times of psychological isolation and alienation, we human beings are capable of creating a magnificent moment through unity and of living together on an exalted plane through empathy. Kim's ability to construct fiction by fomenting wonder in the most mundane daily routines and by harmonizing fantasy with reality, the scintillating wit of his analysis, and

컨대 이 언어 재능이 성취한 혁신의 다른 이름에 지나지 않는다는 뜻이다. 김승옥이 거둔 압도적인 공감—특히 도시 청년 사이에서의—이면에는 모더니스트들이 이루지 못한 도회의 서정과 우수와 신경의 시를 조성하는 데 그가 성공했다는 사실도 크게 작용했을 것이다. **유종호**

많은 물의와 찬탄을 일으키며 문제가 되어 온 김승옥의 일련의 작품들을 그가 발표한 순서에 따라 읽어 보면, 그가 생에 대해 일종의 방법론적인 회의를 해 나가고 있다는 것을 쉽사리 알게 된다. 「생명연습」(1962), 「환상수첩」(1962), 「역사」(1964), 「무진기행」(1964) 그리고 「서울, 1964년 겨울」(1965)에 이르기까지 그는 그 치근치근하고, 음울하고 찐득찐득하고 후텁지근한 분위기 속에서, 정말 사람들은 어느 정도까지 '밤의 종말'을 향해 나아갈 수 있는가, 아니 사람들은 어느 정도에 이르기까지 껍질을 벗을 수 있는 것일까 하는 문제를 열심히 계속하여 추구해 오고 있었다는 느낌이다. 가장 성실하게 세계를 살아가는 듯한 사람들이 결국 얼마나 간교한 자기기만을 통하여 '개 같은 놈'으로 변해 버리는가를 그는 그 독특한 풍자력을 발휘해서 곳곳에서 말해 주고 있다. **김현**

the magic he works with the consciousness that comes in a kaleidoscopic array of colors all depend, in the end, on his fresh use of language. What is dubbed his "new sensibility" turns out to be little more than another name for linguistic innovation. It is safe to say that the overwhelming empathy Kim has elicited—especially among urban youth—is largely a function of his success in developing a lyricism of urban sentiments, melancholy, and the psyche, something most modernists have failed to achieve.

Yu Jong-ho

Reading Kim Seung-ok's works that have proven controversial, that have provoked powerful reactions and mixed reviews, makes plain that he is consistently asking a methodological question about the meaning of life. From "Practice Life" (1962), "Fantasy Notebook" (1962), "Strong Man" (1964), "Record of a Journey to Mujin" (1964), all the way through "Seoul, Winter 1964" (1965), you get the feeling that he has been passionately and continuously asking to what extent, in a persistent, melancholy, sticky, and oppressive atmosphere, human beings can soldier on to "the bottom of the night," or rather, at

힘센 시간이 수많은 소설들을 소멸시키며 흘러갔으나, 선생의 소설들은 가슴에 아로새긴 청춘의 어느 하루처럼 나날이 더 빛나고 있다. 내가 나에게 했던 옛 맹세를 내가 잊으려 할 적마다, 내 자폐의 골방을 내가 잊으려 할 적마다, 다시 펼쳐 읽어 보는 소설 중에 「무진기행」이 어김없이 끼어 있다. 「무진기행」을 다시 읽을 적마다 나는 매번 새롭게 사람들이 모두 다른 방식으로 존재하고 있음을 감지한다. 존재의 가장 밑바닥엔 개펄 같은 우수가 펼쳐져 있으며, 우리가 그 속으로 끊임없이 귀환하려는 까닭은, 그 우수 속에 훼손되기 전의 내가 있음을, 그 속에서만이 우리가 서로 돌봐야 하는 결핍된 인간임을 감지하기 때문임을 인식한다.

**신경숙**

「무진기행」은 세상의 끝으로 가는 여행이고, 세상의 끝과의 만남이다. 그 세상의 끝에 존재하는 것은, 광기와 죽음이다. 광기와 죽음으로 넘어 가는 경계에서, 윤희중의 발걸음은 멈춘다. 멈추고 되돌아선다. "나는 미치지도 죽지도 않을 것이다." 그렇다면 무진은 다시 경계이다. 긍정적인 것과 부정적인 것 사이의, 그리고 근대와 반근대, 혹

which point they have to stop shedding their layers. In various situations throughout the series, he wields his singular satiric power to point out to what extent those who appear to be living the most sincere lives wind up turning into "sons of bitches" via cunning self-deception.

Kim Hyun

Though the passage of time eroded the power of innumerable novels, Mr. Kim's stories shine more brightly with the years like a certain day engraved in the heart of youth. Every time I can't recall the promises that I have made to myself, whenever I find my memories of the closet of self-imposed exile fading, "Record of a Journey to Mujin" is definitely one of the novels I go back to. Each time, "Record of a Journey to Mujin" reminds me of the many different ways in which people exist. It refreshes my awareness of the fact that at the very bottom of human existence melancholy is spread like a muddy seafloor exposed when the waters retreat, and that we keep returning to that melancholy place because we are still undamaged there, and because it is only in that context that we are able to recognize that we are incomplete and

은 근대 아님 사이의 경계일 뿐만 아니라, 정상과 비정상, 삶과 죽음의 경계이다. 그리고 「무진기행」은 경계에서 되돌아선 경험의 기록이다. 그 기록에 부끄러움이라는 이름을 달든 혹은 또 다른 이름을 달든 그것은 아무래도 좋은 것이다. 중요한 것은 이 경계의 경험이고, 이 경계의 경험이 다시 되풀이되지 않고 있다는 점이다.

**채호석**

must take care of each other.

Shin Kyung-sook

"Record of a Journey to Mujin" is a trip to the end of the world, an encounter with the end of the world. What waits at the end of the world is madness and death. At the line over which madness and death await, Yun Hŭi-jung hesitates. He stops and turns back. "I shall neither go mad nor die." If so, Mujin represents the limits reconfirmed. It represents not only the line between positive and negative, and between modern and anti-modern or un-modern, but also the line between normal and abnormal, and between life and death. "Record of a Journey to Mujin" is a record of the experience of turning back at that line. Whether this record is labeled a shame or anything else is irrelevant. What is important is the experience of boundaries itself and the fact that this experience will not be repeated.

Chae Ho-seok

## 김승옥

김승옥은 1941년 일본 오사카에서 출생했다. 1945년 귀국하여 전남 순천에 정착하여 순천고등학교와 서울대학교 불어불문학과를 졸업했다. 초등학교에 다니던 1952년, 월간 《소년세계》에 동시를 투고하여 게재된 것이 계기가 되어 이후 동시, 콩트 등 창작에 몰두한다. 4·19혁명이 일어나던 해인 1960년에 대학에 입학, 흔히 '4·19세대'로 불리게 된다. 1962년 단편 「생명연습」이 《한국일보》 신춘문예에 당선되면서 문단에 모습을 드러냈다. 이해 같은 과의 김현, 최하림 등과 함께 동인지 《산문시대》를 창간하고 여기에 「건(乾)」, 「환상수첩」 등을 발표하며 본격적인 작품 활동에 나선다. 1964년에 발표한 「무진기행」은 김승옥을 일약 문단의 신경향을 대표하는 작가의 위치로 끌어올린 문제작이 된다. 인간 존재의 문제를 감각적 언어로 풀어내는 그의 독특한 분위기와 문체는 '4·19세대'라 불리던 당시 대학생들의 자기모멸로 점철된 정신세계를 대변한 것으로 평가받게 된다. 이듬해인 1965년에는 「서울, 1964년 겨울」로 동인문학상을 수상했다. 이 작품을 통해 김승

# Kim Seung-ok

Born in Osaka, Japan in 1941, Kim Seung-ok returned to Korea with his family in 1945 and settled in Suncheon, Jeollanam-do. He graduated from Suncheon High School and Seoul National University, majoring in French literature. When his poem, submitted to the monthly children's magazine *Sonyonsegye (Children's World)*, had been selected to be published, he devoted himself to writing poems and tales. He entered college in 1960, the year of the 4.19 Revolution and ended up belonging to what was later called "the 4.19 generation." He made his literary debut in 1962, as his short story, "Practice Life" won the *Hankook Ilbo* Spring Literary Contest. The same year, he founded the *Age of Prose*, a literary coterie magazine, with Kim Hyun and Ch'oe Ha-rim, friends from the same department, and published "Gon" and "Fantasy Notebook" in it. "Record of a Journey to Mujin," published in 1964, catapulted him to fame, establishing him as one of the most representative writers of a new trend. The unique style and mood

옥은 도시의 일상성과 소시민의 자기모멸의 내면 풍경을 특유의 건조한 시선으로 응시하는 그만의 작품 경향을 완성시킨 것으로 평가받는다. 김승옥의 독특한 문체와 감성은 '감수성의 혁명'이라 불리며 문학계와 일반 독자들에게 많은 사랑을 받으며 독보적인 작가로 우뚝 선다. 이후 김승옥은 대중적인 작품인 「다산성」(1966), 「60년대식」(1976) 등을 발표하기도 하고 영화 시나리오 작업 등에도 참여하면서 창작 영역을 넓힌다. 1977년에는 「서울의 달빛 0장」으로 제1회 이상문학상을 수상한다. 그러나 이후 신의 목소리를 듣는 신앙적 체험을 하고 기독교에 입문하면서 거의 절필하게 된다. 삼십여 년 동안 신앙 체험을 소개하는 수기를 발표하며 독실한 기독교인으로서의 삶을 살고 있다.

with which he described the question of human existence in a sensual language were considered representative of the 4.19 generation's spiritual world, full of self-disdain. In 1965, he won the Dong-in Literary Award for "Seoul, Winter 1964." Kim was considered to have established his own unique hard-boiled style of gazing at the ordinariness of city life and the inner landscape of self-disdain of petty bourgeoisie. Branded as "the revolution of sensibility," Kim's unique style and sensibility were loved by both critics and general reading public, establishing him as an unrivaled master. Kim later expanded his area of writing, publishing popularly successful stories including "Prolificity" (1966) and "The 1960's Style" (1976) as well as writing film scripts. In 1977, he won the first Yi Sang Literary Award for "Seoul Moonlight, Chapter 1." Later, after hearing the voice of God, he became Christian and stopped writing fiction. For the past thirty or so years, he has been living the life of a devout Christian, writing essays on his own religious experiences.

번역 **케빈 오록** Translated by Kevin O'Rourke

아일랜드 태생이며 1964년 가톨릭 사제로 한국에 왔다. 연세대학교에서 한국문학 박사 학위를 받았으며 한국의 소설과 시를 영어권에 소개하는 데 중점적인 역할을 해 왔다.

Kevin O'Rourke is an Irish Catholic priest (Columban Fathers). He has lived in Korea since 1964, holds a Ph.D. in Korean literature from Yonsei University and has been at the forefront of the movement to introduce Korean literature, poetry and fiction, to the English speaking world.

감수 **K. E. 더핀, 전승희** Edited by K. E. Duffin and Jeon Seung-hee

시인, 화가, 판화가. 하버드 인문대학원 글쓰기 지도 강사를 역임하고, 현재 프리랜서 에디터, 글쓰기 컨설턴트로 활동하고 있다.

K. E. Duffin is a poet, painter and printmaker. She is currently working as a freelance editor and writing consultant as well. She was a writing tutor for the Graduate School of Arts and Sciences, Harvard University.

전승희는 서울대학교와 하버드대학교에서 영문학과 비교문학으로 박사 학위를 받았으며, 현재 하버드대학교 한국학 연구소의 연구원으로 재직하며 아시아 문예 계간지 《ASIA》 편집위원으로 활동 중이다. 현대 한국문학 및 세계문학을 다룬 논문을 다수 발표했으며, 바흐친의 『장편소설과 민중언어』, 제인 오스틴의 『오만과 편견』 등을 공역했다. 1988년 한국여성연구소의 창립과 《여성과 사회》의 창간에 참여했고, 2002년부터 보스턴 지역 피학대 여성을 위한 단체인 '트랜지션하우스' 운영에 참여해 왔다. 2006년 하버드대학교 한국학 연구소에서 '한국 현대사와 기억'을 주제로 한 워크숍을 주관했다.

Jeon Seung-hee is a member of the Editorial Board of ***ASIA***, and a Fellow at the Korea Institute, Harvard University. She received a Ph.D. in English Literature from Seoul National University and a Ph.D. in Comparative Literature from Harvard University. She has presented and published numerous papers on modern Korean and world literature. She is also a co-translator of Mikhail Bakhtin's ***Novel and the People's Culture*** and Jane Austen's ***Pride and Prejudice***. She is a founding member of the Korean Women's Studies Institute and of the biannual Women's Studies' journal ***Women and Society*** (1988), and she has been working at 'Transition House,' the first and oldest shelter for battered women in New England. She organized a workshop entitled "The Politics of Memory in Modern Korea" at the Korea Institute, Harvard University, in 2006. She also served as an advising committee member for the Asia-Africa Literature Festival in 2007 and for the POSCO Asian Literature Forum in 2008.

바이링궐 에디션 한국 대표 소설 006
무진기행

2012년 7월 25일 초판 1쇄 발행
2017년 12월 10일 초판 3쇄 발행

**지은이** 김승옥 | **옮긴이** 케빈 오록 | **펴낸이** 김재범
**감수** K. E. 더핀, 전승희 | **기획** 정은경, 전성태, 이경재
**편집장** 김형욱 | **편집** 신아름 | **관리** 강초민, 홍희표 | **디자인** 나루기획
**펴낸곳** (주)아시아 | **출판등록** 2006년 1월 27일 제406-2006-000004호
**주소** 경기도 파주시 회동길 445(서울 사무소: 서울특별시 동작구 서달로 161-1 3층)
**전화** 02.821.5055 | **팩스** 02.821.5057 | **홈페이지** www.bookasia.org
ISBN 978-89-94006-20-8 (set) | 978-89-94006-27-7 (04810)
값은 뒤표지에 있습니다.

Bi-lingual Edition Modern Korean Literature 006
Record of a Journey to Mujin

**Written by** Kim Seung-ok | **Translated by** Kevin O'Rourke
**Published by** Asia Publishers | 445, Hoedong-gil, Paju-si, Gyeonggi-do, Korea
(Seoul Office: 161-1, Seodal-ro, Dongjak-gu, Seoul, Korea)
**Homepage Address** www.bookasia.org | **Tel**. (822).821.5055 | **Fax**. (822).821.5057
First published in Korea by Asia Publishers 2014
ISBN 978-89-94006-20-8 (set) | 978-89-94006-27-7 (04810)

## 바이링궐 에디션 한국 대표 소설

한국문학의 가장 중요하고 첨예한 문제의식을 가진 작가들의 대표작을 주제별로 선정!
하버드 한국학 연구원 및 세계 각국의 한국문학 전문 번역진이 참여한 번역 시리즈!
미국 하버드대학교와 컬럼비아대학교 동아시아학과, 캐나다 브리티시컬럼비아대학교 아시아학과 등 해외 대학에서 교재로 채택!

### 바이링궐 에디션 한국 대표 소설 set 1

**분단** Division

01 병신과 머저리-**이청준** The Wounded-**Yi Cheong-jun**
02 어둠의 혼-**김원일** Soul of Darkness-**Kim Won-il**
03 순이삼촌-**현기영** Sun-i Samch'on-**Hyun Ki-young**
04 엄마의 말뚝 1-**박완서** Mother's Stake I-**Park Wan-suh**
05 유형의 땅-**조정래** The Land of the Banished-**Jo Jung-rae**

**산업화** Industrialization

06 무진기행-**김승옥** Record of a Journey to Mujin-**Kim Seung-ok**
07 삼포 가는 길-**황석영** The Road to Sampo-**Hwang Sok-yong**
08 아홉 켤레의 구두로 남은 사내-**윤흥길** The Man Who Was Left as Nine Pairs of Shoes-**Yun Heung-gil**
09 돌아온 우리의 친구-**신상웅** Our Friend's Homecoming-**Shin Sang-ung**
10 원미동 시인-**양귀자** The Poet of Wŏnmi-dong-**Yang Kwi-ja**

**여성** Women

11 중국인 거리-**오정희** Chinatown-**Oh Jung-hee**
12 풍금이 있던 자리-**신경숙** The Place Where the Harmonium Was-**Shin Kyung-sook**
13 하나코는 없다-**최윤** The Last of Hanak'o-**Ch'oe Yun**
14 인간에 대한 예의-**공지영** Human Decency-**Gong Ji-young**
15 빈처-**은희경** Poor Man's Wife-**Eun Hee-kyung**

### 바이링궐 에디션 한국 대표 소설 set 2

**자유** Liberty

16 필론의 돼지-**이문열** Pilon's Pig-**Yi Mun-yol**
17 슬로우 불릿-**이대환** Slow Bullet-**Lee Dae-hwan**
18 직선과 독가스-**임철우** Straight Lines and Poison Gas-**Lim Chul-woo**
19 깃발-**홍희담** The Flag-**Hong Hee-dam**
20 새벽 출정-**방현석** Off to Battle at Dawn-**Bang Hyeon-seok**

### 사랑과 연애 Love and Love Affairs

21 별을 사랑하는 마음으로-**윤후명** With the Love for the Stars-**Yun Hu-myong**
22 목련공원-**이승우** Magnolia Park-**Lee Seung-u**
23 칼에 찔린 자국-**김인숙** Stab-**Kim In-suk**
24 회복하는 인간-**한강** Convalescence-**Han Kang**
25 트렁크-**정이현** In the Trunk-**Jeong Yi-hyun**

### 남과 북 South and North

26 판문점-**이호철** Panmunjom-**Yi Ho-chol**
27 수난 이대-**하근찬** The Suffering of Two Generations-**Ha Geun-chan**
28 분지-**남정현** Land of Excrement-**Nam Jung-hyun**
29 봄 실상사-**정도상** Spring at Silsangsa Temple-**Jeong Do-sang**
30 은행나무 사랑-**김하기** Gingko Love-**Kim Ha-kee**

## 바이링궐 에디션 한국 대표 소설 set 3

### 서울 Seoul

31 눈사람 속의 검은 항아리-**김소진** The Dark Jar within the Snowman-**Kim So-jin**
32 오후, 가로지르다-**하성란** Traversing Afternoon-**Ha Seong-nan**
33 나는 봉천동에 산다-**조경란** I Live in Bongcheon-dong-**Jo Kyung-ran**
34 그렇습니까? 기린입니다-**박민규** Is That So? I'm A Giraffe-**Park Min-gyu**
35 성탄특선-**김애란** Christmas Specials-**Kim Ae-ran**

### 전통 Tradition

36 무자년의 가을 사흘-**서정인** Three Days of Autumn, 1948-**Su Jung-in**
37 유자소전-**이문구** A Brief Biography of Yuja-**Yi Mun-gu**
38 향기로운 우물 이야기-**박범신** The Fragrant Well-**Park Bum-shin**
39 월행-**송기원** A Journey under the Moonlight-**Song Ki-won**
40 협죽도 그늘 아래-**성석제** In the Shade of the Oleander-**Song Sok-ze**

### 아방가르드 Avant-garde

41 아겔다마-**박상륭** Akeldama-**Park Sang-ryoong**
42 내 영혼의 우물-**최인석** A Well in My Soul-**Choi In-seok**
43 당신에 대해서-**이인성** On You-**Yi In-seong**
44 회색 時-**배수아** Time In Gray-**Bae Su-ah**
45 브라운 부인-**정영문** Mrs. Brown-**Jung Young-moon**

## 바이링궐 에디션 한국 대표 소설 set 4

### 디아스포라 Diaspora

46 속옷-**김남일** Underwear-**Kim Nam-il**
47 상하이에 두고 온 사람들-**공선옥** People I Left in Shanghai-**Gong Sun-ok**
48 모두에게 복된 새해-**김연수** Happy New Year to Everyone-**Kim Yeon-su**
49 코끼리-**김재영** The Elephant-**Kim Jae-young**
50 먼지별-**이경** Dust Star-**Lee Kyung**

### 가족 Family

51 혜자의 눈꽃-**천승세** Hye-ja's Snow-Flowers-**Chun Seung-sei**
52 아베의 가족-**전상국** Ahbe's Family-**Jeon Sang-guk**
53 문 앞에서-**이동하** Outside the Door-**Lee Dong-ha**
54 그리고, 축제-**이혜경** And Then the Festival-**Lee Hye-kyung**
55 봄밤-**권여선** Spring Night-**Kwon Yeo-sun**

### 유머 Humor

56 오늘의 운세-**한창훈** Today's Fortune-**Han Chang-hoon**
57 새-**전성태** Bird-**Jeon Sung-tae**
58 밀수록 다시 가까워지는-**이기호** So Far, and Yet So Near-**Lee Ki-ho**
59 유리방패-**김중혁** The Glass Shield-**Kim Jung-hyuk**
60 전당포를 찾아서-**김종광** The Pawnshop Chase-**Kim Chong-kwang**